Venin de velours

Volume 1
St Jean

VENIN DE VELOURS

First edition. September 8, 2024.

Copyright © 2024 St Jean.

ISBN: 979-8227846211

Written by St Jean.

Also by St Jean

Match impitoyable
L'homme méchant
Rebondissant
Son sale entraîneur
Dynastie brûlée
Venin de velours

« Je te l'ai dit, Bella, tu n'iras nulle part... Tu es à moi maintenant, petite cracheuse de feu. »

Qu'y a-t-il de pire que de se faire renverser un verre sur la tête le jour de mon anniversaire ?

Donner un coup de poing au type qui a fait ça...

Et découvrir ensuite qu'il s'agit d'un dangereux chef de Bratva.

Je suis allée au Velvet Lounge pour fêter mes 21 ans

et échapper à l'emprise de fer de mon père.

Il m'a secrètement fiancée au fils de son client...

Et maintenant, je suis censée l'épouser le jour de mon anniversaire !

Au lieu de cela, je suis tombé sur Andrey Belov.

En fait, il m'a percuté,

renversant sa boisson collante et sucrée sur moi.

Il respire la confiance, le pouvoir et... le danger.

Sans oublier qu'il est à tomber par terre.

Et il éveille en moi un désir que je ne peux pas contrôler.

Andrey a juré de me protéger, même de moi-même.

Mais se précipitera-t-il pour me sauver lorsque je tomberai entre les mains

d'un dangereux inconnu ?

Tout mon espoir repose entre les mains de ce chef impitoyable de Bratva

qui a bouleversé mon monde...

Et a réussi à mettre un bébé dans mon ventre.

VELVET VENOM, la préquelle du duo Belov Bratva est une romance sombre avec un chef de la mafia. L'histoire continue dans les livres 1 et 2, VELVET VENDETTA & VELVET VENGEANCE

Chapitre 1

ISABELLA

Je marche sur le parquet ciré du salon de la maison où j'ai grandi. Quand j'étais plus jeune, je pensais que c'était mon foyer, mais en grandissant, j'ai commencé à avoir de plus en plus l'impression d'être dans une prison opulente.

La prison Moretti était placée stratégiquement sur les rives de la Charles River, sur Commonwealth Avenue, à Back Bay, à Boston.

Des détenus – un. Évidemment, un très dangereux qui présente également un grand risque de fuite. D'où la sécurité de pointe, composée de dix gardes déguisés en divers agents de l'entretien des jardins.

Il y a aussi le garde du corps déguisé en cousin et un espion déguisé en femme de ménage. Gardez la princesse prisonnière sous contrôle et à portée de vue à tout moment.

J'arrête de marcher pendant quelques secondes avec un soupir exagéré et jette un coup d'œil dans le couloir où se trouve le bureau à domicile de mon père, le gardien en chef de la prison, Marco Moretti.

La porte est toujours fermée, ce qui signifie que mon père chéri est en retard comme d'habitude pour m'emmener déjeuner à cause de sa conférence téléphonique d'une heure.

Mon estomac grogne, réclamant son déjeuner alors que j'ai raté le petit déjeuner. Je ne pouvais pas manger, étant une boule de nerfs à cause de ma grande décision – aujourd'hui est le jour où moi, Isabella Moretti, je vais tenir tête à mon père.

Je vais prendre ma vie en main. Je vais regarder mon père dans les yeux et lui dire – c'est mon vingt et unième anniversaire, et je vais le fêter à ma façon.

Oh putain ! Je pousse un soupir nerveux et je secoue les mains comme une gymnaste sur le point de commencer une routine complexe. Je pense que je n'étais même pas si nerveuse que ça quand j'étais sur le point de commencer une routine complexe aux championnats d'État lors de ma dernière année de compétition.

Probablement parce que je savais que je ne gâcherais pas ça autant que je vais gâcher en essayant de parler à mon père.

Merde, je pense que grimper sur une paroi rocheuse accidentée est moins compliqué que d'affronter Marco Moretti en face à face et de lui dire qu'après ma fête de jardin étouffante du vingt et unième, Stacy et moi partons pour Vegas.

Là, je vais me saouler, jouer une petite fortune, assister à un spectacle et peut-être m'essayer au stand-up comedy ou au chant.

Ensuite, je vais baiser le premier bel homme que je trouve attirant. Ce sera, je l'espère, le frère aîné de Stacy, Harry, qu'elle pourra convaincre de venir avec nous.

Ah... le beau Harry... rien que d'y penser, je mouille et j'ai mal en bas. Même quand je pense à son nom, je peux sentir ses lèvres sur les miennes et ses mains glisser sur tout mon corps.

Je secoue la tête et respire profondément ! Ce n'est pas le moment de me déconnecter et de retourner au monde imaginaire de ma rencontre sexy avec Harry dans la piscine de ses parents l'année dernière.

Je n'ai pas le temps de jouer avec mon jouet d'avant-anniversaire, que ma meilleure amie Stacy m'a offert ce matin quand elle est venue me donner un dernier coup de pouce pour affronter mon père à propos de mon vingt et unième anniversaire ce samedi. Mon cœur saute un battement à chaque fois que je pense à mon anniversaire dans trois jours.

Cela ramène mes pensées nerveuses à ce que je dois faire aujourd'hui et à ce que je m'apprête à dire à mon cher vieux père. Mon cher vieux père formidable, bien qu'il approche la soixantaine, est toujours extrêmement beau, et probablement plus musclé et en meilleure forme que la plupart des hommes de la quarantaine.

Bien que je puisse essentiellement lui faire faire ou m'acheter ce que je veux, il n'a jamais hésité à me donner ma liberté totale. Non, je dois attendre d'avoir fini mes études à vingt-cinq ans.

Pas de distractions, princesse. Souviens-toi, rester concentrée te permet de rester sur la bonne voie, d'avancer et, dans certains cas, de vivre ! Je ne veux que ce qu'il y a de mieux pour toi, princesse, et crois-moi, c'est ce qu'il y a de mieux.

Eh bien, je veux rester concentrée uniquement sur autre chose que ma vie actuelle pour changer. Comme passer un bon moment à Vegas et peut-être mettre un terme à ma vie de seule vierge de vingt et un ans dans l'État du Massachusetts.

J'ai presque vingt et un ans ; je suis sûre de savoir ce qui est le mieux pour moi, et ce n'est pas une putain de fête sur la pelouse. Bon Dieu, je pourrais aussi bien avoir un château gonflable, des clowns et des promenades à poney.

Oh ! Attendez, ces choses sont en fait sur la liste pour tous les cousins, les enfants et les enfants des enfants. Pourquoi diable les familles italiennes sont-elles si grandes ? La dernière fois que j'ai regardé la liste des invités à ma fête de samedi, presque une centaine de personnes étaient venues, avec encore cinquante autres pour confirmer leur présence.

J'espère que mon père a eu quelques bons poneys parce que sur ces cent personnes, au moins vingt étaient des enfants. Des enfants à ma fête d'anniversaire de vingt et un ans en milieu d'après-midi, avec fontaine à champagne et quatuor.

Le vingt et unième anniversaire de Stacy a eu lieu il y a quatre mois, et c'était génial. Enfin, ce que j'ai eu le droit de voir était génial. Quand les stripteaseurs sont arrivés, j'ai été tirée par mon ombre de 1,90 m, James, et ramenée chez moi.

Plus tard, je me suis échappée et je suis tombée sur Harry, qui m'a entraînée dans un coin tranquille pour terminer ce que nous avions commencé quelques mois auparavant. Mais cette idiote d'indic, Lilly, qui a le béguin pour Harry depuis toujours, a dit à James où me trouver, et cette fois, je me suis retrouvée enfermée à la prison Moretti, obligée de combler les vides de notre rencontre avec mon imagination.

Depuis mon évasion de la prison Moretti le jour de l'anniversaire de Stacy, mon père a redoublé d'efforts pour surveiller les regards qui m'entourent. Je ne peux aller nulle part sans chaperon. C'est comme si je vivais dans les foutus années 1800.

Je n'ai jamais conduit de voiture, bien que j'aie le permis, et je ne suis jamais allée à une fête sur un campus, même si je suis à l'université depuis trois ans.

Je me retrouve à marcher de nouveau de long en large, sachant que notre gouvernante, Genevra, est probablement en train de taper du pied quelque part dans ma direction, usant l'éclat de ses armes secrètes. Les pièges mortels au sol sont adaptés pour glisser avec des chaussettes, mais pas pour essayer de fuir ou de poursuivre quelqu'un.

Les sols très polis de Genevra m'ont ralenti et m'ont fait trébucher de nombreuses fois dans ma vie. Je jure qu'elle le fait exprès au cas où j'essaierais de m'échapper, comme si je passerais par la porte d'entrée.

Un autre soupir s'échappe de mes lèvres tandis que je jette un œil à l'horloge décorative sur la cheminée. Mon père a maintenant près de vingt minutes de retard, et je suis affamée.

"Mais qu'est-ce qui prend autant de temps ?" je marmonne, la frustration teintant ma voix, et mon estomac grogne à nouveau, cette fois pour m'assurer que je ressens la faim se mêler à ma colère, me rendant irritable.

Je sais qu'il vaut mieux ne pas piétiner le sol brillant de Genevra, surtout avec mes talons. Je ne rendrais pas justice à mes pas dans cette jupe crayon moulante de toute façon.

En me faufilant jusqu'au bureau de mon père, je remarque que sa porte est légèrement entrouverte et que la pièce est silencieuse. Je jette un petit coup d'œil à l'intérieur et vois James assis là-dedans.

Voilà donc où se trouve mon ombre surdimensionnée depuis une heure et demie. James discutait et complotait avec papa chéri. Je m'apprête à entrer dans le bureau lorsqu'une voix d'homme que je ne reconnais pas emplit la pièce, me figeant. Bien

que je sache qu'il vaut mieux ne pas écouter les réunions ultra secrètes de mon père avec ses clients, aujourd'hui je veux savoir quel sac à merde il défend et qui a retardé mon rendez-vous de déjeuner avec mon père.

« J'ai tenu ma part du marché », j'entends la voix mystérieuse dire.

Il n'a pas l'air d'un criminel ou de quelqu'un qui voudrait faire mourir de faim la fille de Marco parce qu'il a fait traîner la réunion, après avoir probablement tiré sur quelqu'un et l'avoir baigné dans de l'acide.

Que va plaider mon père pour ça ? Un peeling de peau qui a mal tourné ?

Oh, les joies d'être la fille d'un avocat pénaliste très recherché qui a probablement tous les chefs de la mafia sur sa liste de clients. C'est aussi la raison pour laquelle je conduis partout dans une voiture blindée et que je vis dans une maison fortement gardée.

Enfin, en partie. L'autre raison, c'est que mon père pense toujours que j'ai dix ans et que je vais me faire enlever dans la rue par un criminel.

Je m'approche un peu, en m'assurant de ne pas être entendu, et je colle mon oreille à l'ouverture de la porte.

« Je propose que nous nous rencontrions le matin avant la fête pour finaliser les détails et m'assurer que tous les papiers sont en ordre », répond l'associé de mon père à une question de James que je n'ai pas bien entendue alors que je me calais dans ma position d'écoute. « Puis annoncez les fiançailles vers la fin. »

« Je suis d'accord », ajoute mon père. « Cela fera que le mariage aura lieu six mois jour pour jour après samedi. »

James va-t-il se marier ? Je remets mes lunettes sur mon nez tandis que mon froncement de sourcils les déloge légèrement. Je ne pensais pas qu'il sortait avec quelqu'un récemment.

Peut-être qu'il a eu une aventure d'un soir et qu'il a mis la femme enceinte ? Mais si c'était le cas, ils n'attendraient sûrement pas six mois ? Le ventre rond de la femme serait déjà visible à ce moment-là.

Maintenant, je me sens coupable d'avoir écouté aux portes. De toute évidence, James ne voulait pas que quiconque sache qu'il a plongé sa mèche non protégée dans une femme avec un papa surprotecteur. Ce sera déjà assez gênant d'essayer de faire semblant de ne pas savoir.

Donc, moins j'entends, mieux c'est. Je suis sur le point de me détourner lorsque les mots suivants de James me rattrapent.

"Veux-tu que je lui dise ?" La voix de James est plus nerveuse que d'habitude. "Je dois le redire parce que c'est moi qui vais devoir faire face aux conséquences. Mais tu n'aurais jamais dû leur cacher ça à aucun d'eux."

"C'était dans notre contrat", dit la voix mystérieuse à l'autre bout du fil à James. "Ils ne pouvaient pas le savoir avant cette année."

Je sais ce qu'on dit à propos des écoutes clandestines, mais de minuscules piqûres d'épingle ont commencé à injecter des signaux d'avertissement dans mes terminaisons nerveuses, et mes pieds ne bougent pas alors que je me penche plus près.

« Je sais que cela va te mettre plus de pression, James. » La voix de mon père s'est légèrement adoucie. Je connais bien ce ton. C'est sa voix apaisante qui est comme un baume avant de toucher la plaie ouverte et de brûler comme de la merde. « Mais nous annoncerons les fiançailles d'Isabella au fils d'Ivan samedi, juste après les derniers toasts en fin d'après-midi. »

Je porte ma main à ma bouche pour étouffer le halètement coincé dans ma gorge alors que mon cœur commence à battre si fort dans ma poitrine que j'ai peur que mon père puisse l'entendre.

Je me mords l'intérieur de la bouche pour m'assurer que je ne rêve pas, et dans ma détresse, je mords un peu fort. La douleur et le goût métallique du sang dans ma bouche me font savoir que je ne rêve pas. Je viens d'entendre mon père annoncer mes fiançailles.

« Et qu'en est-il de la partie la plus importante ? »

« Je peux vous assurer que ma fille est toujours vierge », me demande mon futur beau-père sans visage. « Je peux vous assurer que ma fille est toujours vierge. »

Putain ! Je hurle dans ma tête. Enfin, j'espère que je l'ai hurlé dans ma tête parce que maintenant un bruit de sifflement remplit mes oreilles comme si j'avais été submergée dans l'eau.

« Je peux le vérifier », ajoute James.

Maintenant, je comprends pourquoi James ou Genevra ont toujours insisté pour m'accompagner à mes examens gynécologiques. Ils voulaient probablement s'assurer que j'étais toujours chaste. Putain.

Je vis au XVIIIe siècle. Et après ? Est-ce qu'ils vont accrocher mes draps tachés de sang à la fenêtre le soir de ma nuit de noces ?

Mon estomac se noue, la faim oubliée et remplacée par une vague de nausée tandis que je sens mon monde basculer sur son axe. Je dois m'éloigner d'ici. Je recule et glisse presque sur les sols de la mort de l'enfer avant de retirer rapidement mes escarpins de mes pieds avec des mains tremblantes.

Je me fige quand, à travers la fente, je vois la tête de James pencher comme s'il écoutait quelque chose. J'aimerais que ce soit la claque cuisante de ma main contre l'oreille de ce connard traître.

J'attends, retenant mon souffle et priant pour que les battements de mon cœur, qui sonnent comme des tambours de guerre, ne puissent pas être entendus par les oreilles incroyablement aiguisées de James.

Je vois James se détendre avant que je puisse enfin mettre à profit mes presque vingt et une années de techniques de survie que mon père m'a inculquées presque tous les jours de ma vie alors que je m'éclipse furtivement.

En montant les escaliers majestueux qui mènent à ma chambre, je me sens engourdie et l'air autour de moi devient lourd, ce qui me rend la respiration difficile alors qu'il se resserre sur moi.

Quand je suis enfin dans le havre de paix qu'est ma chambre, je m'appuie contre la porte de ma chambre et me laisse glisser sur le sol, sans me soucier du bruit de déchirure que fait ma jupe moulante lorsque je soulève mes genoux jusqu'à mon menton.

Je me fiche complètement d'une jupe déchirée alors que ma vie et mon cœur viennent d'être déchirés – je suis sous le choc de la nouvelle que je suis fiancée à quelqu'un depuis l'âge de trois ans !

Chapitre 2

ISABELLA

« Isabella ? » La voix de mon père brise mon cerveau embrumé. « Chéri, tu es là ? »

Je reste assise en silence pendant quelques secondes, espérant qu'il s'en ira alors que je vacille entre un tourbillon d'émotions, allant de l'envie de briser tout ce que je peux ramasser devant moi, à crier ou à me jeter sur le lit comme une jeune fille du XVIIIe siècle et à pleurer.

Comme mon père vit encore à cette époque, la dernière option serait la plus appropriée. Mais je ne suis pas une putain de jeune fille évanouie. Je suis une marionnette du XXIe siècle dont le père tire les ficelles depuis vingt et un ans.

Mes doigts touchent le médaillon en or autour de mon cou. C'était celui de ma mère. Mon père me l'a offert pour mon seizième anniversaire. Je me demande si je serais encore fiancée si elle était en vie.

« Princesse, t'es-tu endormie en m'attendant ? » Mon père essaie d'ouvrir la porte et trouve la porte verrouillée. Sa voix est un peu plus paniquée maintenant. « Chérie ? Que se passe-t-il ? »

Je me lève rapidement et m'éloigne de la porte. « Je m'habille », je mens et me penche pour regarder l'arrière de ma jupe. Bon, alors peut-être pas un mensonge. « Donne-moi une minute. »

« Peux-tu juste enfiler ta robe, chérie ? » appelle mon père à travers la porte. « J'ai besoin de te parler, et je n'ai pas beaucoup de temps. »

À propos de quoi, papa ? Je trouve rapidement mon peignoir et l'enfile. Comment as-tu pu me fiancer alors que j'étais encore un bébé et me garder dans une cage de verre pour que je sois chaste pour mon fiancé ?

Je le déverrouille et l'entrouvre, affichant un sourire sur mon visage, espérant ne pas ressembler à l'un de ces clowns effrayants de la fête foraine. Il me faut tout ce que j'ai pour ne pas le frapper au visage, et je me contente de l'imaginer à la place.

Et grâce à mon père, je pourrais probablement le tuer d'un uppercut sur le nez, mais l'orange n'a jamais vraiment été ma couleur, et j'ai trop de choses à faire dans ma vie pour aller en prison.

« Dis, papa, quoi de neuf ? » Je sors la tête. « Tu es prêt à aller manger ? Je pense que mon estomac est sur le point d'aller chercher sa propre nourriture. »

« Je suis vraiment désolé, chérie, mais des affaires urgentes se sont présentées et je dois m'absenter quelques jours. » Mon père me fait son sourire d'excuse. « Je dois aller à New York. »

« Oh ! » Je le regarde, surprise. « Et mon anniversaire samedi ? »

« Je reviendrai pour ça », promet mon père en se penchant pour m'embrasser sur le front. « C'est un jour très important pour ma princesse, qui a vingt et un ans. »

Et qui est-ce que tu maries au fils de quelqu'un à l'autre bout d'une conférence téléphonique ! J'ai envie de lui crier dessus. Mais je ne le fais pas. Comme toujours, je me tais et je laisse mon imagination le réprimander.

Ne laisse jamais ton adversaire voir ta main, Isabella. Reste calme dans la tempête, quelles que soient les émotions qui coulent dans tes veines. N'oublie pas que tu pourras les gérer plus tard. Pour cela, tu dois rester en vie, alerte et distante.

Ce n'est peut-être pas une question de vie ou de mort... bien que, s'il me marie au fils d'un de ses clients, ce sera probablement le cas. C'était une question qui concernait le reste de ma putain de vie, et l'homme qui se tenait devant moi, que j'admirais, dont je pensais qu'il m'aimait et se souciait de moi, venait de me montrer sa main !

Et je vais en prendre une énorme, grosse bouchée charnue. Va te faire foutre, Père ; tu viens de déclarer la guerre, et tu ne le sais même pas.

« Princesse ? » Les sourcils de mon père se froncent tandis qu'il me regarde avec inquiétude. « Chérie, as-tu utilisé ces somnifères que

le docteur t'a donnés pour ton anxiété d'examen ? Tu as l'air fatiguée !
»

« James n'est venu chercher l'ordonnance pour moi que ce matin »,
lui dis-je, une idée prenant racine dans mon cerveau vengeur. « Mais je
les utiliserai ce soir, je te le promets. »

« Bien. » Mon père hoche la tête, regardant sa montre-bracelet en
or. « Je dois y aller. » Il m'embrasse à nouveau le front. « Je suis désolé
pour le déjeuner, mais pourquoi ne pas commander pour toi et James.
» Il me fait un clin d'œil. « Je suis sûr que Genevra apprécierait de ne
pas avoir à cuisiner aussi. »

« Bien sûr, Père », dis-je avec un doux sourire. Tu paries qu'ils vont
adorer le repas que j'ai prévu pour eux ce soir. « Je vais préparer un bon
repas pour nous tous. »

« Merde », siffle mon père, jetant un nouveau coup d'œil à sa
montre. « Je t'appellerai plus tard. » Il est à mi-chemin de l'escalier et
il appelle par-dessus son épaule. « Je t'aime princesse. »

« Je t'aime aussi, papa », je réponds avec un autre doux sourire
avant de retourner dans ma chambre et de fermer ma porte comme un
méchant dans un film se faufilant dans son repaire.

Je me dirige vers ma commode et prends le flacon de somnifères que
James m'a livré ce matin.

« Merci, docteur Bronston », dis-je avec un sourire satisfait, en
retournant la bouteille pour lire l'étiquette. « Ne vous inquiétez pas,
papa, je vais certainement l'utiliser ce soir. Prenez-en deux avec de la
nourriture pour une nuit de sommeil complète. » En grognant, je les
remets sur ma coiffeuse. « Je suppose que dans la nourriture, c'est aussi
bon qu'avec de la nourriture. »

Je ris méchamment en moi-même parce que c'est ce que font tous
les bons méchants. Ou est-ce maniaque ? Tomate, tomate ! Je hausse les
épaules et tape du bout des doigts. Si je dois être un méchant méchant,
autant l'accepter.

Même si je n'ai pas pu défier mon père face à face, je peux toujours commencer ma petite rébellion dans son dos. Oh, et quelle petite rébellion ce sera, et je sais exactement comment commencer. Mon père a promis au fils de l'homme de la conférence une vierge.

Eh bien, c'est la première chose qui va mal tourner avec ce petit accord. Putain, je pourrais même m'envoler pour Vegas ce soir et me marier. Cela mettrait des bâtons dans les roues.

Je peux m'imaginer ça maintenant. Je rentre tard dans ma propre soirée de fête au bras d'un homme grand et beau. Nous marchons droit vers mon père et son abruti sans visage, qui se tient aux côtés de son fils manifestement hideux qui n'a pas réussi à se trouver une femme.

« Bonjour, papa, abruti et Quasimodo », dis-je en adressant un grand sourire sensuel au beau gosse que je viens de passer ces deux derniers jours à baiser. « Voici mon mari. » Je sors mon drap taché de sang de mon sac à main et le lui lance. « Et voilà. La preuve de la consommation de notre mariage. »

Je grogne en trouvant mon téléphone et en composant le numéro de Stacy, me demandant si nous pourrions nous marier en deux jours et en essayant ensuite de me rappeler combien de temps dure un vol pour Vegas. Comme son téléphone est pratiquement collé à sa main, elle répond après la deuxième sonnerie.

« Bella », chante Stacy. « L'as-tu fait ? As-tu parlé à ton père ? » Elle s'arrête, mais pas assez longtemps pour que je puisse parler. « Tu vas bien ? Tu veux que je vienne ? J'ai une bouteille de la tequila chère de mes parents. »

« Je vais bien », je mens, et quelque chose m'empêche de dire que mes fiançailles secrètes avec Quasimodo depuis dix-huit ans vont devenir officielles le jour de mon mariage. « Et non, je n'ai pas eu l'occasion de parler à mon père. »

« Non, non, non ! Bella ! » J'entends la frustration traverser la voix de Stacy. « Le temps presse. Tu dois affronter ton père avant samedi, sinon tu n'auras pas d'autre occasion. » Je fronce à nouveau les sourcils tandis que ces minuscules piqûres d'acupuncture transpercent mes terminaisons nerveuses, déclenchant une fois de plus des sonnettes d'alarme et me faisant me demander si Stacy est au courant de mes fiançailles à venir.

Non ! Elle ne pourrait pas ! Le pourrait-elle ? Je secoue la tête et me gifle mentalement. Bien sûr, elle ne le sait pas. Je sais à quel point Stacy est douée pour me cacher des secrets, et disons simplement qu'elle n'a jamais gagné une partie de poker avec moi – jamais !

« Ce qu'on peut faire, c'est aller à Vegas, de toute façon ! » Je souris, imaginant la mâchoire de Stacy tomber au sol comme le personnage du film The Mask, avec les yeux exorbités en plus.

« Tu te moques de moi ? » demande Stacy, et je peux l'entendre retenir son souffle, attendant ma réponse.

« Non », dis-je, mon cœur lourd se sentant beaucoup plus léger. L'idée d'une évasion de la prison Moretti a remplacé la lourdeur par une excitation qui fait mouiller ma culotte alors que j'imagine une nuit dans l'audacieux Dark Velvet Lounge.

« Mon père est parti pour quelques jours, et je pense qu'il est temps d'explorer le Velvet Lounge et son jumeau plus sombre pendant quelques heures avant de nous envoler pour Vegas. »

« On pourrait faire ça ! » La voix de Stacy est maintenant remplie d'excitation. « Mais où laisserions-nous nos valises ? »

« Dans le coffre de ta voiture que nous laisserons à l'aéroport pour pouvoir rentrer rapidement à la maison quand nous reviendrons aux premières heures de samedi matin », lui dis-je. « Je veux rentrer juste à temps pour la fête des bâillements afin que mon père ne puisse pas devenir fou à cause de mon évasion de prison. »

« C'est une excellente idée », dit Stacy. « À quelle heure veux-tu partir pour le club ce soir ? »

« Eh bien, je dois m'assurer que l'espionne et le garde du corps sont occupés », et par là, je veux dire qu'ils sont complètement inconscients lorsque je vais leur donner mes somnifères dans les délicieux repas que je suis sur le point de commander. « Je vais m'éclipser et te retrouver aux portes de la vieille maison abandonnée et effrayante de l'autre côté de la route. »

« L'heure, tu ne m'as pas donné d'heure », me rappelle Stacy.

« Oh, c'est vrai », je jette un coup d'œil à l'horloge au-dessus de ma porte que James a mise là pour ne plus être en retard. « Donne-moi trois heures. »

« Trois heures, alors. » Stacy rigole. « Je n'arrive pas à croire que nous faisons enfin ça. Tu as toujours cette fausse carte d'identité que je t'ai donnée ? »

« Oui, et dans trois heures, je l'utiliserai. » Je ris, l'excitation me faisant palpiter le ventre. « Tu penses que tu pourrais tenter Harry de venir avec nous ? Je crois qu'il est à la maison. »

« Oh ! » L'excitation s'estompe dans la voix de Stacy. « À propos d'Harry... » Elle s'éclaircit la gorge.

Mon cœur se met à battre à nouveau parce que je sais que Stacy est sur le point de me dire quelque chose que je ne vais pas aimer.

« Écoute, Bella, tu ne peux pas laisser ça gâcher notre soirée spontanée et notre voyage à Vegas. Parce que, crois-moi, il y aura beaucoup d'hommes qui ne pourront pas garder leurs yeux ou leurs mains loin de toi si c'est ce que tu veux. Surtout si tu portes une de ces nouvelles tenues que nous avons achetées l'autre jour et que tu laisses tomber les lunettes. »

« Qu'est-ce que tu essayes de dire, Stace ? » Ces putains de piqûres d'acupuncture sont de retour, et cette fois, elles attaquent ma colonne vertébrale.

« Harry est rentré à la maison pour annoncer ses fiançailles avec Lilly », lâche Stacy. Ses mots sortent si vite qu'ils ressemblent à une mitraillette ouvrant le feu dans ma tête.

Qu'est-ce qui se passe avec les annonces de fiançailles aujourd'hui ? « Oh ! » est le seul mot qui se forme sur mes lèvres. « Lilly ? » Je ne peux pas former plus d'un mot à la fois alors que l'impact de l'annonce des fiançailles d'Harry commence à pénétrer mon esprit, comme un poignard dans mon cœur.

« Oui, apparemment mon frère ne croit pas au port de capotes puisque Lilly est enceinte », me dit Stacy, sans se rendre compte que maintenant le poignard transperce mon âme.

Lilly sent les lèvres douces et chaudes d'Harry caresser chaque centimètre de sa peau chauffée tandis que ses longs doigts intelligents pétrissent ses seins pointus avant de glisser le long de son ventre et dans sa chatte humide.

J'avale tandis que l'image des mains d'Harry partout sur moi me fait palpiter de désir. Maintenant, toutes ses mains toucheront cette putain de garce, Lilly.

« Bella ? » La voix de Stacy est douce et inquiète. « Bells ? »

« C'est bon. » Je prends une inspiration et redresse les épaules. « Comme tu l'as dit, il y a plein de bites attachées à des corps incroyables et à des visages attrayants en ville. »

« C'est ma fille ! » dit Stacy. « Et toi, belle Bella, tu vas pouvoir choisir la crème de la crème. »

« Je te vois dans quelques heures », je raccroche et fixe mon téléphone.

C'est deux chocs en un après-midi. L'univers me dit clairement qu'il est temps de prendre le contrôle de ma vie, de foutre le camp d'ici et de ne revenir que lorsque j'aurai ruiné les plans de mariage de mon père pour moi.

J'aurais dû écouter Stacy il y a des années quand elle a essayé de me faire faire ça. Je serais probablement dans un couvent, mais au moins je ne serais plus fiancée à un visage anonyme parce que je ne serais plus une vierge précieuse.

Je ricane en me rappelant les mots de Stacey quand elle essayait de me convaincre de sortir en douce pour une soirée en ville :

« Que va faire ton père ? » demanda Stacy. « Ne t'a-t-il pas entraîné à devenir un super soldat ? Je t'ai vu en action, et je suis sûr que tu pourrais le vaincre et disparaître sans laisser de trace, comme Jason Bourne. »

Elle n'était pas loin de la vérité. Pendant que les autres enfants partaient en colonie de vacances ou en vacances lointaines avec leurs familles pour faire des choses amusantes et excitantes, mon père m'emmenait dans des camps d'entraînement de survie dans des contrées sauvages et des paysages gelés.

Pendant qu'ils faisaient du tourisme et des manèges à Disney, j'escaladais des murs de pierre, jouais à des jeux de tir et apprenais à disparaître en me fondant dans mon environnement.

Ma vie était un programme d'entraînement serré depuis le moment où j'ouvrais les yeux jusqu'à juste après le dîner, où j'avais du temps pour moi.

Je me dirige vers mon placard et sors les tenues que Stacy et moi avons achetées l'autre jour. Mon ombre omniprésente désapprouve la plupart des vêtements sexy que porte Stacy et remettra tout article qu'elle n'approuve pas si je le choisis.

Alors Stacy et moi avons eu l'idée de changer de plan. J'achète les vêtements standard que mon directeur de prison m'autorise à porter, et Stacy achètera ses vêtements sexy-Stacy qui sont vraiment pour moi. Nous avons la même taille.

Puis, quand nous déposons Stacy, elle prend mon sac ennuyeux, me laissant avec les vêtements qu'elle m'a achetés juste sous le nez de James.

Je sors quelques tenues et prépare rapidement une valise, que je range dans mon placard, laissant la tenue que j'ai l'intention de porter ce soir accrochée dans mon placard.

Satisfaite que mon plan soit en action, je commande la nourriture, en m'assurant d'obtenir les plats préférés de Genevra et James auxquels je sais qu'ils ne peuvent pas résister. Je souris en descendant pour faire savoir à James et Genevra qu'ils vont se régaler car j'ai commandé.

Chapitre 3

ANDREY

« Qu'est-ce que tu veux dire par le conteneur n'est pas arrivé ? » Je suis furieux. « Tu as vingt-quatre heures pour le trouver et l'amener au port. Le Velvet Voyager part demain soir, et ce conteneur a intérêt à être sur ce navire. »

En raccrochant, j'étouffe l'envie de balancer mon téléphone à travers la salle animée du Velvet Lounge, un établissement dont je suis responsable depuis un an.

Ce n'a pas été une bonne journée aujourd'hui. Mes parents m'ont dit que j'allais bientôt me marier avec la femme qu'ils avaient choisie parmi la crème de la société des bratva.

Apparemment, je vais épouser une femme que j'ai rencontrée une fois dans ma vie, et c'était quand j'avais quinze ans. D'après ce dont je me souviens, elle ressemblait à la version féminine de Huckleberry Finn, avec des touffes de cheveux noirs dressées dans tous les sens à partir de sa queue de cheval indisciplinée.

Elle avait environ dix ans et quand elle était entrée, il était clair qu'elle avait grimpé aux arbres ou rampé dans les buissons car elle avait des brindilles coincées dans ses cheveux touffus et de la terre maculée sur ses mains et son visage.

Le petit garçon manqué m'avait à peine jeté un coup d'œil lorsque nous avons été présentés avant de se précipiter dehors avec le plus gros chien que j'aie jamais vu.

Il s'est avéré qu'elle n'en avait rien à foutre d'avoir été appelée à l'intérieur pour rencontrer leurs invités. Huckleberry Finnette n'était revenue à l'intérieur que pour récupérer sa créature mi-cheval, mi-chien diabolique venue de l'enfer qui n'avait pas besoin du nom de Titan pour semer la peur dans le cœur d'une personne.

La taille même de la créature était suffisante pour fatiguer n'importe quel homme adulte, sans parler de ses yeux rouges lumineux.

Quel putain de chien avait les yeux rouges, à part peut-être un chien de l'enfer !

Je me suis toujours demandé pourquoi j'avais été traîné chez l'ami de mon père ce jour-là et pourquoi j'avais dû m'habiller de mes plus beaux habits du dimanche ! Maintenant, je sais que j'avais un aperçu de ma future épouse, la reine des damnés.

Je ne me souviens même pas de son prénom, seulement qu'elle est la princesse Andreev Bratva. Ma famille cherche depuis deux générations un mariage entre les Andreev et les Belov et s'est assurée de consolider cette alliance avec la mienne pour deux raisons, que mon père m'a clairement expliquées aujourd'hui. La

première était que cette alliance signifiait que le territoire de la Belov Bratva s'étendrait au Canada et à l'Alaska une fois que la petite princesse Andreev aurait revendiqué son titre légitime. Les Andreev contrôlaient tout ce territoire.

Pour ajouter la cerise sur le gâteau avide de pouvoir de mon père, le petit garçon manqué est également le seul héritier d'une famille mafieuse très puissante qui contrôle le territoire de Boston jusqu'à la frontière du Canada. Le

royaume Belov Bratva de mon père s'étendrait de Washington, DC, à travers l'État de New York, Boston et l'intégralité de la Nouvelle-Angleterre, du Canada et de l'Alaska. Ce qui ferait de ma famille l'une des familles de bratva les plus puissantes et les plus redoutables.

Mon grand-père serait ravi. Mais je sais aussi qu'il y a une troisième raison tacite à cette alliance : c'est pour que mon père puisse enfin régler une dette impayée en sacrifiant son seul fils vivant et héritier.

Youpi putain de merde ! Alors que mon père devient le roi du monde, je dois essayer de me mettre en quatre pour que ce putain de garçon manqué puisse planter ma graine en elle afin de produire un ou des héritiers, comme disait ma mère.

Parce que vous savez que nous sommes des braves après tout, et que cela aide toujours d'avoir un héritier de rechange. Ma main se resserre sur mon téléphone et mon cœur se serre en pensant à Lev. Mais mes pensées sont distraites lorsque je jette un coup d'œil vers le bar.

Helen travaille ce soir. Elle est magnifique avec une poitrine généreuse, une taille de guêpe, des jambes qui s'étendent sur des kilomètres et une voix enfumée qui caresse la peau d'une personne.

Ses cheveux ne sont pas aussi longs que je le voudrais, mais il y a certainement assez de cette matière blonde sableuse pour m'agripper dans les affres de la passion. Les lèvres d'Helen sont charnues, et je peux imaginer ce qu'elles ressentiraient enroulées autour de ma bite avec cette petite langue rose douce qui sort de temps en temps pour les mouiller.

Ma bite commence à durcir. Baissez-vous, mon garçon. On ne baise pas le personnel, peu importe à quel point ils sont baisables. Et apparemment, Helen est une sacrée bête de course si ce que Wolfgang, l'un des videurs de mon bar, me dit est vrai. Bon, assez de penser à ce que serait de chevaucher Helen. Je ne baise pas mon personnel.

Mais j'ai besoin d'un verre pour me détendre de cette journée de merde. Alors que je me dirige vers le bar, tout ce que je peux dire, c'est merci à mon père de m'avoir donné le Velvet Lounge à gérer.

Au moins, quand je serai marié à la Reine de l'enfer, je pourrai prendre mon plaisir dans le Dark Velvet Lounge. Je le considère comme la sœur jumelle salope du Velvet Lounge. Je jette un coup d'œil vers la porte à l'arrière du club marquée VIP Only. Elle est délimitée par une corde de velours rouge tendue entre deux poteaux dorés. De lourds rideaux de velours rouge obscurcissent la vue sur la pièce.

Les portiers postés à l'extérieur de la pièce sont des videurs massifs entraînés à tuer de la manière la plus horrible qui soit. Leurs regards d'acier et leur tour de poitrine pourraient aussi bien être des panneaux « attention au tigre » car, à part un jeune client gênant, personne n'a encore osé les affronter. Je m'assois au bar.

Helen s'approche immédiatement de moi. Les monticules charnus de ses seins se trémoussent légèrement dans son gilet noir décolleté qui met en valeur ses bras bien toniques et son art cutané. Sa petite taille s'arrondit en hanches courbées, serrées par un jean déchiré serré avec une ceinture en cuir noir et une boucle argentée.

Mon Dieu, ce que je ne donnerais pas juste pour me perdre dans ces monticules alors que je la martèle avec ces longues jambes enroulées autour de ma taille, m'attirant plus profondément dans sa chaleur humide.

Je sens ma bite durcir, me rappelant que je n'ai pas eu de relations sexuelles depuis deux semaines, tellement j'ai été occupé avec la charge de travail qui m'a été imposée.

Peut-être que je ferai un tour au Dark Velvet Lounge plus tard ce soir et verrai si quelques-uns de mes amants habituels sont là pour m'aider à me défouler et me faire oublier mon prochain mariage fatidique avec la Reine des Damnés.

« Qu'est-ce que ce sera ce soir, Andrey ? Ton habituel, ou tu veux autre chose ? » Il n'y a pas d'erreur sur l'invitation ouverte à son corps dans sa question.

Aussi sexy qu'elle soit et aussi excitée que je le suis, je reste résolu à ne pas déconner avec le personnel. Peu importe à quel point ils peuvent être séduisants !

« Je prendrai l'habituel. »

« Un double Beluga Gold sur glace arrive. » Les yeux d'Helen brillent de déception lorsqu'elle s'éloigne pour aller chercher mon verre.

Mon téléphone sonne ; c'est Urie. J'espère qu'il a de bonnes nouvelles au sujet du conteneur manquant qui doit être sur l'un de nos navires d'ici demain soir.

« Urie, s'il te plaît, dis-moi que le conteneur a été localisé », dis-je dès que je réponds au téléphone.

« Oui, il est arrivé », me dit Urie. « Mais ce n'est pas ce que tu penses. On nous a menti. »

« Qu'est-ce qu'il y a ? » demandai-je. Les cheveux sur ma nuque commencent à se dresser.

« Il s'avère que ce n'est pas le genre d'art auquel nous pensions », me dit Urie.

« Va droit au but, Urie. Je passe une journée terrible, et je détesterais mettre fin à une amitié de vingt-cinq ans parce que j'ai perdu patience avec toi », je menace, même si je sais que mes menaces sont de l'eau sur le dos d'un canard avec Urie. Il est la seule personne en qui j'aurais confiance dans ce monde pour me soutenir. Surtout depuis que mon frère aîné a été assassiné l'année dernière. « De quel genre d'art s'agit-il ? »

« De l'art humain », me dit Urie, et je deviens glacial.

« Des femmes peintes ? » je bégaie, sentant la fureur instantanée s'enflammer comme un feu de brousse en moi. « Qui diable oserait essayer de faire passer des gens clandestinement sur l'un de nos navires ? »

« Mon père et moi nous posions la même question », la voix d'Urie baissa. « Il a appelé ton père ici. »

« Putain ! » Je lève les yeux alors qu'Helen pose mon verre devant moi. J'acquiesce en guise de remerciement. « C'est tout ce dont j'ai besoin. » Je vide ma vodka d'un trait et indique à Helen que je voudrais un autre verre. « Tu dois t'assurer que le reste des papiers du Velvet Voyager est en ordre, puis tu dois impliquer le FBI. »

« C'est déjà fait », m'assure Urie. « Ils sont en route. Nous avons déjà tous les dossiers prêts pour eux. Nous connaissons la procédure. »

« Laisse-moi finir ici, et je descends là-bas », dis-je.

Mon sang bout quand Helen met une autre double vodka devant moi. Elle appuie ses deux mains sur le bar devant elle, sachant à quel point ses seins sont maintenant pressés l'un contre l'autre, ce qui fait que les monticules dépassent un peu plus de son haut.

« Est-ce que tout va bien ? » demande Helen en fronçant les sourcils.

« Tout va bien, merci, Helen. » Je la regarde hocher la tête et s'éloigner, admirant la façon dont son cul est bien en place et le jean qui se tend dessus.

« Allo ? » La voix d'Urie résonne dans le téléphone, ramenant mon attention sur notre conversation. « C'est Helen que j'ai entendu ? » Une pause. « S'il te plaît, ne me dis pas que tu penses l'essayer pour une virée sauvage avec sa bite ce soir ? »

« Non, bien sûr que non », je l'assure. « Helen vient de me servir du Russo-Baltique, et j'admirais le bon liquide. »

« Bien sûr que tu l'admirais. » Urie n'a pas l'air convaincu. « Tu es rempli de femmes jusqu'aux yeux et de la meilleure vodka du monde pendant que je suis au quai en train d'essayer d'aider un conteneur de femmes droguées et maquillées en espérant que les fédéraux ne nous arrêtent pas. »

« Je t'ai dit que je devais juste m'occuper d'un membre problématique du Dark Velvet Lounge, et j'y arriverai », dis-je à Urie en prenant une autre gorgée de vodka. Cette fois, je savoure le goût, appréciant la douce brûlure de l'alcool qui me chatouille le fond de la gorge.

« Mon père a dit que tu ne devais surtout pas venir ici. Ton père est en chemin », me conseille Urie. « Aucun des deux n'a un bon pressentiment à ce sujet. »

Sergei est le père d'Urie, le camarade et brigadier le plus fidèle de mon père. Ses conseils sont généralement toujours judicieux et, comme mon père l'a dit à maintes reprises, l'instinct de Sergei l'a sauvé plus d'une fois dans sa vie.

« Ta mère ne va pas être contente. Dieu merci, elle est à New York ! » siffle Urie à voix basse. « Quand ton père retrouvera les vrais propriétaires de ce conteneur, je pense que ton père devrait mettre ta mère sur la piste du coupable qui se cache derrière ce réseau de trafic de peaux. »

Velvet Trucking and Shipping Lines appartient à ma mère et est dirigée par elle. C'est l'entreprise familiale que son défunt père lui a léguée et c'est ainsi que mes parents se sont rencontrés.

Ma mère ferme les yeux sur la plupart des marchandises transportées sur ses bateaux ou ses camions pour le compte de mon père et de certains de ses associés. Mais il y a des marchandises que ma mère ne veut pas accepter et que même mon père ne veut pas vendre.

Une colère brûlante me traverse à nouveau à l'idée que quelqu'un essaie de s'en prendre aux affaires de ma mère. Mais Urie a raison : ma mère ne serait pas gentille si c'était elle qui découvrait qui était le trafiquant.

C'est le sixième conteneur trouvé au cours des six dernières semaines, chargé de femmes droguées peintes pour ressembler à diverses œuvres d'art, statues et bijoux coûteux. Ces conteneurs ont été retrouvés dans les ports ou les dépôts de camions de diverses familles criminelles, prêts à être transportés vers leurs destinations.

Le dernier est apparu dans l'un des ports de la mafia irlandaise McDuling, et quelques minutes après son arrivée, les fédéraux sont arrivés avec des mandats d'arrêt après avoir reçu une bonne information sur la nature de la cargaison du conteneur. La cargaison de chaque conteneur était conçue pour imiter des objets précédemment volés ou pris par les familles criminelles auxquelles les conteneurs étaient liés.

Quelqu'un essayait clairement de faire tomber les familles criminelles un conteneur à la fois.

"Non, ma mère va être furieuse."

Chapitre 4

ANDREY

Je raccroche et Helen remplit à nouveau mon verre. Je jette un dernier regard admiratif à ses magnifiques globes ivoire alors que je commence à m'éloigner du bar. Je

me retourne, résolu à me retirer dans mon bureau pour accéder au réseau informatique, mais un mouvement soudain attire mon attention. Il est trop tard pour ajuster ma trajectoire et je rentre en collision avec une femme qui passait par là. L'impact fait voler mon téléphone de mes mains et, dans une tentative désespérée de l'attraper, ma boisson tombe sur elle.

Elle trébuche en arrière, haletant, et percute une serveuse qui porte un plateau de cocktails colorés. Alors que je parviens à attraper mon téléphone dans les airs, je reste figée sur place, regardant avec un mélange d'horreur et de fascination les boissons inonder la femme d'un kaléidoscope de couleurs liquides, les verres claquant au sol autour d'elle.

« Tu te moques de moi ? » s'exclame-t-elle, la voix éraillée par le froid et le choc d'être trempée. « Espèce de connard ! »

La serveuse s'excuse rapidement, se penche pour nettoyer le désordre et appelle un autre membre du personnel à l'aide. Pourtant, mon attention ne remarque presque pas l'agitation autour de nous. Mon regard est irrésistiblement attiré par la femme.

Son haut, maintenant collé à sa peau et si transparent qu'elle pourrait aussi bien ne pas le porter, révèle les contours d'un soutien-gorge en dentelle blanche recouvrant ce qui promet d'être des seins parfaits. La vue de ce soutien-gorge envoie une vague de désir indésirable en moi – un rappel du temps écoulé depuis la dernière fois que je n'ai pas eu de femme dans mon lit.

Mes yeux suivent la ligne de son corps, son cou gracieux, son menton relevé avec de luxueux cheveux noirs brillants qui ondulent autour jusqu'à ce que je rencontre enfin une paire d'yeux noisette illuminés de fureur.

Malgré la colère dans son regard, une pensée singulière transperce le tourbillon de mes pensées : elle est d'une beauté à couper le souffle. Mon pantalon devient maintenant un peu inconfortable, et ma bite se comporte comme l'un de ces bâtons de sourcier qui ont trouvé la mère de la charge.

Ses yeux se fixent sur les miens, étincelant d'un mélange de colère et d'incrédulité, comme si elle évaluait si je valais la peine de ses mots. Puis, sans prévenir, elle se lance vers moi.

« Fais attention où tu vas, putain ! » Elle bouillonne, en retirant la garniture de ses bras et de ses épaules. « Tu n'en es peut-être pas conscient car tu sembles être pris dans ton propre petit monde sur ton téléphone, mais c'est un bar qui est assez bondé. Il y a d'autres personnes ici - tu aurais pu blesser sérieusement quelqu'un en ne regardant pas où tu vas ! »

Je suis surpris par sa langue acérée et le culot pur et dur de cette femme qui se tient debout contre moi. Personne ne m'a parlé comme ça depuis... eh bien, jamais.

Personne ne m'a jamais déstabilisé comme ça. Elle n'a visiblement aucune idée de qui je suis, ou si elle le sait, elle s'en fiche complètement, et ça m'agace, mais je ne peux nier l'intrigue qui s'ensuit – une étincelle allumée par son défi.

Alors qu'elle se déchaîne contre moi, sa poitrine se soulève de colère, attirant une fois de plus mon regard sur ses seins incroyables. Les cocktails se sont répandus comme une force invisible, effaçant toute trace de la couleur d'origine de sa chemise et ne laissant que des traces de couleur des boissons maintenant tatouées sur sa peau.

Sa chemise n'est plus qu'un film transparent, révélant les lignes souples et fines de la chair nue qu'elle était censée cacher.

Je commence vraiment à me sentir mal à l'aise, et je suis si content d'avoir porté ma chemise par-dessus mon pantalon ce soir pour cacher le fait que ma bite dresse une tente dans un pantalon soudainement trop serré.

Et putain si ce soutien-gorge en dentelle n'était pas conçu pour titiller. Pour donner envie à un homme de passer ses doigts dessus, sachant que le tissu titillerait les tétons jusqu'à les rendre durs.

Je pouvais presque sentir le tissu effleurer mes mains alors que j'imaginais prendre en coupe les monticules délectables enfermés à l'intérieur.

« Bonjour ! » Elle claque des doigts dans ma direction. « Mon visage est là ! » Elle passe sa main près de son visage avant de plisser les yeux avec suspicion. « Oh... s'il te plaît, ne me dis pas que me renverser était ta version tordue d'un mouvement de drague. » Elle lève les sourcils et me lance un regard dégoûté. « Si c'est le cas, tu échoues de façon spectaculaire. »

C'est ça ! Bien qu'étrangement excitée par la petite cracheuse de feu, ses seins magnifiques et son corps incroyable, elle commence à me pousser un peu trop loin.

« Crois-moi, si je voulais attirer ton attention, je choisirais une introduction moins... perturbatrice. » Je lève un sourcil, parcourant ses yeux de manière suggestive. « Peut-être que je pourrais dire la même chose pour toi. Me frapper pour attirer mon attention. » Mes yeux se posent à nouveau sur ses seins. « Eh bien, maintenant tu as aussi attiré l'attention de tous les hommes du bar. »

Je me félicite d'avoir réussi à arranger les choses, car cela trahit ce que je ressens à l'intérieur. Je suis à la limite de la colère d'avoir été attaqué verbalement en public, intrigué par mon agresseur verbal, et dans un territoire étrange où je ne sais pas vraiment comment gérer cette situation.

Bien que je ne frappe pas les femmes, l'idée de mettre ce petit pétard sur mon genou et de la fesser rend une image séduisante et mon petit scout en dessous encore plus difficile.

« Oh wow ! » Elle m'a regardé avec étonnement. Mais pas le bon genre d'étonnement. Le genre qui dit que tu n'es pas seulement un connard mais un putain de connard ! « Maintenant je sais pourquoi tu es tombé sur moi. Ton égo géant et ta grosse tête doivent être vraiment difficiles à porter. Tu tombes souvent ? »

Touche ! Je le pense, mais je ne vais pas le dire à voix haute. Elle est plutôt bavarde pour quelqu'un qui s'approche de moi. Je pourrais la soulever d'une main comme si elle était une plume, mais elle n'a montré aucune peur de moi alors que sa colère bouillonnait dans mon corps.

Je la veux de plus en plus tout en réfléchissant aux moyens les plus agréables pour la punir de son agression.

Un homme légèrement plus grand que moi, 1,90 m, s'approche de nous, enlève sa veste et la lui tend. Il me semble étrangement familier ; ses yeux verts ont une pointe d'acier en eux, et il se tient comme un homme conscient de tout ce qui l'entoure, mais sa voix est tonifiée pour ne pas être menaçante.

Cependant, je n'ai aucun doute sur son identité, ce n'est pas quelqu'un à prendre à la légère - il est dangereux. Il se lève, la protégeant des regards narquois des hommes du bar, et adresse à la femme un de ces sourires doux et réconfortants que n'importe quel autre homme pourrait voir à travers.

C'était le sourire d'un prédateur attirant sa proie et le faisant avec la facilité et la confiance d'un prédateur au sommet de la pyramide, ce qui en soi m'agaçait au plus haut point alors qu'il affirmait sa domination dans mon arène. Je jette un coup d'œil vers Olaf, le plus grand de mes videurs, et incline la tête.

Je veux qu'il regarde Fuckface comme si quelque chose me disait qu'il n'était pas seulement ici pour une nuit en armure brillante - il voulait que je le voie.

"Excusez-moi, mademoiselle. Je ne veux pas être impoli, mais vous pourriez en avoir besoin." Fuckface sourit poliment à la femme.

La femme prend soudain conscience de toute l'étendue de sa situation difficile, et ses joues s'enflamment. Elle attrape le vêtement offert et l'enfile avec hâte.

Un coup d'œil autour du bar me fait encore plus réagir quand je vois que presque tous les hommes ici la remarquent, et je n'aime pas non plus la façon dont ils la regardent. Comme je connais les pensées qui me traversaient l'esprit en regardant le petit chat sauvage, je peux imaginer qu'ils y pensent tous aussi.

Je suis sur le point de lui suggérer de venir à mon bureau car j'ai une chemise qu'elle peut porter et une salle de bain dans laquelle elle peut se nettoyer lorsque mon esprit est vidé de toutes pensées.

Je la regarde, fascinée, lever le menton, les joues rouges et les cheveux ornés de petits ornements. Elle carre les épaules comme une reine, rapprochant la veste devant. Elle se tourne vers le connard, ses traits s'adoucissant et me coupant le souffle lorsqu'elle me donne un coup de poing dans le ventre avec un sourire qui pourrait alimenter tout mon bar.

« Merci. » Sa voix n'est plus alimentée par la rage lorsqu'elle s'adresse au connard.

C'est à ce moment-là que deux pensées me viennent à l'esprit. Je suis complètement intriguée et éblouie. Oui, j'ai dit éblouie. C'est comme si son sourire scintillait réellement et saupoudrait tout ce qui se trouve à proximité de sa merde scintillante, me donnant l'impression d'avoir été éblouie comme le téléphone d'une adolescente. Bien que ce sourire ne m'était pas destiné, j'étais dans son rayonnement et j'ai été frappée par son éclat qui m'est allé droit aux reins.

La deuxième pensée est que si un autre homme s'approche d'elle ce soir, je vais lui arracher la tête et la lui enfoncer dans le cul. Comme je suis sur le point de le faire à tout moment s'il ne ramène pas son beau cul là où il était il y a quelques minutes, et une fois que nous serons dans mon bureau, je m'assurerai qu'on lui ramène sa veste en cuir Tom Ford bourrée d'alcool.

Après quoi, je m'assurerai qu'Oslo l'escorte poliment hors de mon bar, en m'assurant que l'homme sourit à la caméra près de la porte pour que je puisse découvrir qui il est.

Bon, alors maintenant j'ai eu une troisième pensée - je veux cette femme - elle est à moi ! Au moins pour ce soir, en tout cas. Une distraction des plus exquises à la fin d'une journée de merde. Oh oui, j'ai définitivement trouvé ma compagnie pour ce soir.

Bien que j'aie une règle stricte de ne pas déconner avec le personnel, je n'ai pas de règle de ce genre pour les clients de mon établissement. Surtout ceux qui s'aventurent dans le côté le plus sombre de mon club, le Dark Velvet Lounge. Maintenant, je dois juste la convaincre du plaisir torride que nous pourrions avoir ensemble.

« De rien. » Fuckface lui rend son sourire et s'incline. Ses yeux se tournent vers moi avec une évaluation froide. « La dame a raison. Tu devrais vraiment regarder où tu vas pour éviter de te blesser. »

Était-ce une menace ?

« S'il te plaît, dis-moi où je peux rendre ta veste », lui demande la femme, lui coupant la parole, et, à ma grande surprise, elle fait un pas en arrière vers moi.

C'est à ce moment-là que j'aperçois le bref éclair dans ses yeux qui montre que l'homme la met mal à l'aise. Comme moi, elle a senti le danger sous-jacent enroulé en lui. Cela m'énerve encore plus quand il y a quelques secondes à peine, elle s'en prenait à moi comme si je n'étais pas dangereux du tout.

Ai-je en quelque sorte perdu mes signaux de danger au cours des dernières heures ? Ou était-elle si furieuse qu'elle s'en fichait, et maintenant qu'elle s'est calmée, son radar de danger est de nouveau en place ? Je ne suis pas sûr que cela va jouer en ma faveur avec mes nouveaux plans pour elle.

« Pas besoin. » Le connard regarde la femme et lui fait un sourire doux qui me fait encore plus le détester. Quel est son jeu ? « Garde-le. Un souvenir pour te souvenir de cette nuit. »

« C'est très gentil de ta part. » La femme lui lance un autre sourire, mais cette fois avec moins de puissance.

Prends ça, connard. Ta veste à cinq mille dollars ne l'a même pas fait tressaillir. Je sais exactement quel genre de jeu c'était. J'ai déjà vu ça sur des types riches et arrogants avec trop d'argent. Passe-lui ta veste hors de prix comme tu en as un million d'autres chez toi. Connard !

Il me lance un regard froid avant de sourire poliment à la femme et de pencher la tête une fois de plus. « Passe une bonne soirée. »

Ses yeux rencontrent les miens pendant une brève seconde, et je ne peux m'empêcher de penser qu'il m'évalue ou m'avertit. Le sentiment que nous avons déjà rencontré se renforce, mais je n'arrive pas à le situer. Je connais le visage de la plupart des familles criminelles.

Il n'en fait définitivement pas partie. Je sais aussi que s'il fait partie d'une famille criminelle, il est au sommet de la hiérarchie de cette famille. Je regarde en arrière alors qu'il s'éloigne et fronce les sourcils. Je sais que je l'ai déjà vu quelque part. Mais comme cette pensée qui taquine le fond de ton cerveau qui ne peut tout simplement pas l'atteindre, je n'arrive pas à le situer. Pas le

temps de réfléchir à Fuckface, pas quand la femme se retourne et est sur le point de s'éloigner. Je ne peux pas laisser cela se produire. Je l'attrape par le bras et la fais tourner tout en écrasant des éclats de verre.

« Merde, je pensais que ce désordre avait été nettoyé », je grogne et je me tourne vers le bar pour qu'Helen vienne ici avant de me retourner vers la femme qui reste immobile et regarde ma main serrée autour de son bras. « Écoute, je suis désolé. Je ne voulais pas te rentrer dedans comme ça. J'étais pressée d'aller à mon bureau, et je ne regardais pas où j'allais. »

Helen s'approche. « Merde, May n'a-t-elle pas nettoyé ça ? » Helen serre les dents et regarde autour d'elle avant de regarder la femme que je retiens captive. « Est-ce que ça va, chérie ? »

« Sauf que je suis terriblement gênée d'avoir montré mes produits à tout le bar », répond-elle à Helen, me montrant une autre facette d'elle-même tandis que l'humour scintille dans ses yeux noisette. « J'ai déniché une veste de bombardier Tom Ford. »

Helen rit. « Et c'est une veste vraiment magnifique, aussi. » Elle tend la main et la touche. « Putain, ça a probablement coûté plus cher que ce que la plupart des gens gagnent en quelques mois. »

« Pouvez-vous demander à l'un de vos serveurs de nettoyer ce désordre, s'il vous plaît ? » dis-je en serrant les dents, voulant couper court à cette conversation.

« Ils sont en route », Helen pointe dans la direction. « Puis-je vous offrir un verre pour votre douleur ? » demande-t-elle à la femme en me regardant, souriant effrontément. « Que dirais-tu d'une bouteille de notre meilleur champagne offert par la maison ? »

« Pourquoi ne pas le faire envoyer à mon bureau pour que je puisse vous l'offrir, Mademoiselle... » Je regarde la femme, espérant qu'elle me propose son nom.

« C'est bon. » Elle esquive complètement ma tentative de lui demander son nom. « Je ferais mieux d'essayer de trouver mon amie et de partir. » Elle frissonne. « Je suis toute collante et mouillée. »

Putain ! Ce ne sont pas deux mots qui devraient être enchaînés devant un homme excité qui vient de l'entrevoir pratiquement nue. Déjà, j'avais pensé à toutes les façons dont je pourrais l'aider à se débarrasser de l'alcool salissant et à m'assurer qu'elle soit collante et mouillée de manières beaucoup plus agréables.

« Oh, non, au moins prends le champagne d'abord », lui dit Helen avec un clin d'œil avant de me regarder. « Dis-moi où l'envoyer. » Elle s'éloigne alors qu'un des serveurs commence à nettoyer autour de nous.

Je nous éloigne du verre brisé.

« S'il te plaît. Laisse-moi arranger les choses. Tu n'as pas à écourter ta soirée ou celle de ton amie à cause de cet accident. »

Je la sens se raidir et je réalise que je la tiens toujours captive dans mon étau. « Désolée. » Je la laisse partir, espérant qu'elle ne s'enfuie pas. « J'ai une chemise de rechange dans mon bureau qui ne sera pas aussi belle que la tienne, mais au moins elle ne mettra pas en valeur tes produits. » Je ne peux m'empêcher de remarquer la légère courbe qui relève les coins de ma bouche. Pour la cacher, je jette un coup d'œil autour de la pièce. « De plus, je ne peux pas te laisser me faire passer pour une mauvaise personne devant mes clients en te laissant mourir de froid sans pitié. »

« Oh ? » Ses yeux s'écarquillent avec curiosité. « Tes clients ? » Ses sourcils se froncent. « Est-ce toi qui gères le club ? »

« Oui, je le fais », lui dis-je. Ce n'est pas un mensonge. Ce n'est simplement pas toute la vérité. « Tu peux le vérifier auprès de n'importe quel membre du personnel du bar. »

Je vois quelque chose briller dans ses yeux, un mélange d'incertitude et d'intrigue. « Même ces deux grands videurs qui, pour une raison quelconque, me rappellent les moaï. Vous savez, les statues de pierre de l'île de Pâques. »

« Je sais ce que sont les moaï. » Je n'ai aucune idée de pourquoi je me retrouve à défendre ma connaissance de l'île de Pâques. « Et oui, même ces types. »

Je jette un coup d'œil à la porte, et quand je vois ce qu'elle veut dire, je ne peux pas le voir. Mes videurs du Dark Velvet Lounge seront, à partir de maintenant, connus pour être les chefs de l'île de Pâques.

« S'il vous plaît, laissez-moi nettoyer ce désordre. » Je ne sais pas comment faire les yeux de chien battu ou passer pour un type sympa. Ce n'est tout simplement pas qui je suis. Ce n'est pas vraiment un regard dont j'ai besoin dans mon domaine d'activité, mais j'essaie.

Cependant, dès que je vois ses sourcils se lever, l'air indigné sur son visage, je réalise que les yeux de chien battu ne veulent rien dire si vous ne les étayez pas avec les bons mots.

« Alors je suis un désastre maintenant ? » Une étincelle de colère jaillit dans ses yeux qui perce les miens.

« Eh bien... » Je tends la main vers ses cheveux, et elle recule. « Détends-toi. Tu as une cerise dans tes cheveux. » Je retire une cerise au marasquin de ses cheveux et la pose sur le plateau d'un serveur qui passe. « Et pour être honnête, avant que tu ne mettes cette veste, tu avais l'air de marcher dans un arc-en-ciel fraîchement peint. »

Mon souffle s'arrête alors que sa bouche se lève en un sourire, et je vois la colère se transformer en humour dans ses yeux, me faisant réaliser qu'elle jouait avec moi. La petite cracheuse de feu devient de plus en plus intrigante, et une fois de plus, mon pantalon commence à me sembler trop serré au niveau de l'entrejambe alors que des images de son corps souple et de ses seins fermes me viennent à l'esprit.

Secoue-toi, ou je vais certainement l'effrayer si elle aperçoit mon petit scout se préparer à monter une autre tente dans mon pantalon. Il semble être super occupé ce soir et vraiment frustré que ses tentatives d'impressionner une femme avec ses incroyables talents de lanceur soient gâchées.

Elle émet un petit rire qui ne fait qu'encourager Boy Scout à essayer de monter sa tente. Pense à autre chose. Mais je ne peux vraiment pas. Pas quand elle recommence à arborer ce sourire éblouissant, qui devrait vraiment être accompagné d'un avertissement ou d'une interdiction.

Putain ! Si elle était à moi, je lui mettrais une muselière alors que son sourire illumine à nouveau le bar et que tous les yeux se tournent vers elle. Ses joues commencent à rougir quand elle réalise qu'elle est toujours l'attraction numéro un du bar, et pour la première fois, je vois une pointe d'innocence dans ses yeux.

"Merci", dit-elle en jetant un coup d'œil autour d'elle pour voir les regards narquois qu'elle reçoit. "Je pense que je vais accepter ton offre de chemise propre."

Je me force à garder une expression stoïque sur mon visage. Je ne peux pas lui laisser voir à quel point la petite coquine me tape sur les nerfs et à quel point j'ai envie de la traîner dans mon bureau loin des hommes lubriques et baveux pour ensuite faire ma méchanceté avec elle.

"Sage choix." Je lui fais une légère révérence et lui montre du doigt mon bureau. « On y va ? »

Alors que je la conduis à mon bureau pour se changer, j'attire l'attention d'Helen et lui demande d'envoyer le champagne à mon bureau. Alors que nous montons les escaliers qui mènent à mon bureau qui donne sur le club, je ne peux m'empêcher de remarquer à quel point son cul est beau dans son jean noir moulant.

Ma main me démange de glisser sur ces monticules et de les prendre en coupe pendant que je m'enfonce en elle.

Tremblement mental. Expression stoïque. Respiration profonde. Pourquoi diable cette femme a-t-elle un tel effet sur moi ? C'est ce que j'obtiens pour être resté si longtemps sans sexe. Alors que j'entre dans le bureau, le téléphone sonne.

« Je suis Andrey », je me présente en tendant la main. Le téléphone cesse de sonner.

« Bella », répond-elle avec un sourire timide.

Elle place sa petite main dans la mienne. L'étincelle instantanée qui me traverse atteint chaque terminaison nerveuse de mon corps, et maintenant mon boy-scout a poussé la tente aussi haut qu'il le peut et essaie de défaire la fermeture éclair de mon pantalon.

Dieu merci, le téléphone sonne à nouveau et j'ai une excuse pour me détourner et cacher mon érection derrière mon bureau.

« Excusez-moi, je dois prendre ça », dis-je, surpris de la douceur de ma voix tandis que je m'assieds derrière le bureau. Je décroche le téléphone et pointe du doigt la salle de bain. « Vous pouvez utiliser les toilettes. Il y a une douche là-dedans si vous en avez besoin. »

Putain, pourquoi ai-je dû mentionner la douche ? Des images de sexe chaud et aqueux défilent dans mon esprit, et maintenant j'ai mal. Je suis tellement dure comme du roc.

Mon ton est brusque lorsque je réponds au téléphone, sans vraiment entendre qui est à l'autre bout du fil tandis que je la regarde jeter un coup d'œil autour du bureau avant de se diriger vers la salle de bain.

Chapitre 5

Est-ce que je viens d'entrer dans le bureau d'un inconnu avec lui ? Je réprime un frisson et serre plus fort la veste en cuir souple autour de mes épaules tandis que je l'entends répondre au téléphone puis commencer à parler en russe.

J'essaie de ne pas entendre la conversation car Andrey parle manifestement la langue parce qu'il ne veut pas que j'entende ce qui se passe avec un conteneur.

Je me dirige vers la grande fenêtre en verre sans tain qui donne sur le Velvet Lounge. Mes yeux scrutent la foule tandis que je cherche Stacy. Je n'arrive pas à croire qu'elle vient de me laisser tomber. Elle est allée danser avec un beau gosse qu'elle avait repéré à la fac, et puis ils ont disparu.

Autant pour les promesses de me gaver d'alcool et de m'aider à trouver un beau gosse pour me changer les idées d'Harry et de mes fiançailles secrètes imminentes avec Quasimodo.

Bon, d'accord, je sais que c'est injuste de ma part de juger le gars avant de l'avoir vu. Mais nous sommes au XXIe siècle. Quel petit connard laisserait ses parents le forcer à un mariage qu'ils ont arrangé pour lui il y a dix-huit ans ?

Je lance un dernier regard envieux à Andrey tandis que j'abandonne mes tentatives pour retrouver mon soi-disant meilleur ami et que je me dirige vers la salle de bain. Si le gars auquel je suis fiancée, putain je déteste ce mot, ressemblait à Andrey, il n'y aurait aucune chance qu'il se décide pour un mariage arrangé.

Cet homme respire la confiance, le pouvoir et... le danger. Sans parler du fait qu'il est magnifique, avec ses cheveux noirs épais soigneusement coupés et plus épais sur le dessus. Ses yeux bleus perçants me regardent droit dans l'âme, et son visage semble avoir été ciselé par un maître.

Je n'ai pas besoin de voir son torse nu pour savoir que l'homme est musclé et en excellente forme. Il suffit de regarder la façon dont sa chemise s'étire sur sa poitrine puissante et ses biceps bombés pour savoir qu'il n'aurait aucun mal à me soulever pour enrouler mes jambes autour de sa taille.

Whoa... Arrête... Arrête de penser, Isabella. NON ! Je me dis. Pas lui. Bien qu'il serait un bon tampon derrière lequel se cacher quand mon père découvrira ce que je m'apprête à faire pour contrecarrer son plan tordu de ramener les droits des femmes aux dix-huit siècles.

J'aime mon père, mais en ce moment, je méprise ce qu'il a fait et sa tromperie. Et quand il découvrira que sa petite princesse, qu'il a gardée dans une cage de verre entourée de trolls pour la protéger, n'est plus chaste... Eh bien, ce sera de sa faute, car il est un putain de menteur et un traître du pire genre de traîtres.

Je prends une profonde inspiration et je regarde autour de moi la plus belle salle de bain qui devrait orner un hôtel haut de gamme, pas un bureau. Mes yeux se déplacent vers le miroir qui borde le seul mur au-dessus d'un comptoir en marbre qui dispose de deux lavabos d'un côté.

Le reste n'est qu'un espace avec un sèche-cheveux, un rasoir électrique, quelques bouteilles de déodorant, de l'eau de Cologne et un cactus à l'autre bout. J'essaie de mon mieux d'éviter de regarder dans le miroir ce type bizarre et débraillé qui porte une veste de bombardier coûteuse qui sent le bois de cèdre, la menthe et la vanille.

L'odeur réveille un souvenir insaisissable dans le fond de mon esprit, me donnant l'impression d'être enveloppée dans une couverture chaude, saine et sauve. L'homme qui m'avait donné sa veste m'avait semblé étrangement familier. Ses yeux verts et la façon dont ils s'adoucissaient quand ils me regardaient me procuraient la même sensation que sa veste.

Mais ils m'inspirèrent aussi un éclair de terreur qui me frappa entre les yeux, me faisant instinctivement reculer vers Andrey. Je pouvais sentir que l'homme avait immédiatement senti mon malaise et s'était éloigné comme s'il ne voulait pas que je me sente mal à l'aise.

Je me secoue mentalement. J'en tire probablement trop de conclusions, car l'homme n'avait été qu'un gentleman pour moi, m'aidant dans mon moment de besoin.

Puis, il m'avait donné sa veste en cuir, qui, comme la femme derrière le bar me l'a fait remarquer, n'était pas une veste bon marché. Je souris, en retirant mon souvenir de ma soirée... mes pensées s'arrêtent si vite que les mots de l'homme me reviennent.

C'était un choix de mots étrange de sa part – un souvenir pour se souvenir de cette nuit ? C'était comme s'il savait que je n'étais pas censée être ici. Est-il l'un des espions de mon père ? Non, Isabella, j'en doute. S'il l'était, je ne serais pas dans les toilettes d'Andrey.

Je serais déjà enfermée à la prison Moretti. Il aurait pu être l'un des clients de la mafia de mon père, ou plutôt, l'un des clients du chef de la mafia. Mon entraînement de survie m'a appris à reconnaître le chasseur et la proie – à déterminer lequel des deux était en fin de compte le prédateur suprême. Comme Andrey, cet homme était un prédateur suprême.

Même si mon chevalier en veste Tom Ford était le rêve érotique de toute femme et le modèle d'un auteur de romans d'amour pour la beauté, je ne ressentais pas ce genre d'attirance pour lui.

C'était juste une sorte de fascination morbide pour la façon dont il était apparu de nulle part puis avait disparu comme il était venu. Les regards qu'Andrey et l'homme échangeaient ne me manquaient pas. C'était comme deux alphas qui se jaugeaient. Je suppose que l'homme savait quand s'éloigner.

Après tout, Andrey gère ce club, et je suis sûr que même si l'homme semblait plus que physiquement capable de s'attaquer à un lion, se faire écraser par deux statues de pierre de l'île de Pâques n'aurait pas été une décision intelligente de sa part.

Je soupire en osant enfin me regarder dans le miroir, et je suis mortifié. Des taches de cocktails colorés qui ont envahi ma chemise autrefois crème ont coulé sur ma peau. Ma chemise ressemble à cette fine peau qui maintient une saucisse ensemble mais montre tout son contenu.

Bien que cette peau de saucisse ait une utilité, pour l'instant, ma chemise n'est rien de plus qu'une blague mettant en valeur mon soutien-gorge en dentelle blanche. J'avale en me rappelant la façon dont les yeux d'Andrey étaient captivés par mes seins, et tout de suite, mon clitoris donne un petit battement douloureux pour attirer mon attention.

Comme si le reste de mon système hypersensible ne m'avait pas déjà alerté du fait qu'Andrey était sombre, séduisant et sacrément sexy.

Le fait qu'il parle russe le rend encore plus sexy, car j'ai une attirance étrange pour cette langue, surtout quand elle est parlée avec la bonne prononciation et une voix profonde et douce comme du whisky.

Une voix que je peux imaginer gémir des mots chauds et sexy pendant que ses lèvres embrassent et mordillent doucement de mon cou à mes seins pendant qu'il me pousse à bout avec une bite dure comme du roc.

Oh-oh ! Maintenant, je peux me sentir mouiller alors que la douleur dans ma chatte s'intensifie. Des images de la Dark Velvet Room me traversent l'esprit. Lorsque Stacy a disparu, j'ai été obligé de jeter un œil à l'intérieur. L'un des videurs m'a escorté pour s'assurer que je cherchais vraiment mon ami et que je n'essayais pas de me faufiler sans un laissez-passer VIP.

Ce que j'avais vu derrière ce rideau de velours était tout, et plus encore, la façon dont Stacy me l'avait décrit. Les serveuses portaient des talons hauts qui accentuaient leurs longues jambes. Les vagins étaient à peine recouverts par un petit morceau de velours triangulaire à l'avant et un string qui pouvait servir de fil dentaire à l'arrière. Leurs seins étaient complètement exposés, à l'exception de cache-tétons en velours rouge.

Tout le monde portait un masque qui cachait la moitié supérieure de leur visage. La plupart des clients à l'intérieur étaient soit complètement nus, soit en sous-vêtements. Il y avait un bar au fond de la salle avec une cabine délimitée par un cordon, cachée derrière des rideaux de satin, dont personne ne semblait s'approcher. Pas comme les autres cabines délimitées par des rideaux d'où j'avais entendu de nombreux types de cris, de gémissements et différents degrés d'extase. Sur la piste de danse, les gens s'enroulaient les uns autour des autres et n'hésitaient pas à caresser ouvertement leurs partenaires de danse ou les partenaires de danse des autres. C'était comme un immense club échangiste qui répondait à tous les goûts, si l'on en croit la dominatrice que j'ai vue sortir de l'une des cabines.

Je ne pouvais voir Stacy nulle part dans le salon Dark Velvet, et je ne pouvais pas accéder à mon téléphone, qui était dans mon sac à main avec mon manteau dans le vestiaire. Stacy avait nos billets pour les articles, mais elle était partie. Bon, à moins qu'elle ne soit dans l'une de ces cabines, et il n'y avait aucune chance, j'étais en train de passer ma tête dans l'une d'elles. J'étais déjà brûlant au moment où le videur m'a fait sortir.

Quand j'ai regardé le videur quand nous sommes sortis de l'antre de l'iniquité, ma première pensée a été qu'il devait être un eunuque car il ne semblait pas du tout perturbé par ce que nous avions vu dans ce salon. Mais encore une fois, il devait le voir si souvent que cela ne l'affecte probablement plus, comme un médecin qui regarde du sang et des effusions de sang ou des vagins toute la journée. C'est juste une autre journée au bureau pour eux.

Mais rien que d'y penser et de m'imaginer là-dedans avec Andrey... Attends ! Attends ! Reviens là-haut, pensées. Tu ne voulais pas dire Harry ? C'est mieux, me dis-je, retombe dans ma rêverie tandis que je retire le morceau de chemise dégoûtant et commence à retirer mon soutien-gorge, que j'espérais pouvoir remettre, mais il est lui aussi imbibé d'alcool. À tel point que je ne passerais pas un test d'alcoolémie en le portant, rien qu'à cause des vapeurs.

Je le pose sur le comptoir par-dessus ma chemise et aperçois mes seins dans le miroir. Mes tétons sont aussi durs que du verre. Un flash du Dark Velvet Lounge et l'image des lèvres d'Andrey sur eux me font pousser un léger gémissement, et mes tétons se durcissent un peu. Je passe mes mains dessus, faisant semblant que ce sont les gros et forts tétons d'Andrey, et la douleur entre mes jambes commence à exiger que je la soulage. Je jette un coup d'œil à la porte.

Elle est fermée, et Andrey sait que je suis ici. Je doute qu'il me dérange, et il avait l'air d'être occupé pendant un moment. Mon père dit toujours : « Donne-moi une minute. Je dois prendre cet appel », et cela se transforme en deux heures.

J'enlève mon jean et mon string, puis je me dirige vers la douche. Elle est profonde et n'a pas de porte. Elle a aussi une douchette plus petite. Je souris. J'en ai une dans ma douche. Elle sert à se rincer rapidement, à enlever l'après-shampoing tenace de vos cheveux, ou à faire un bidet à main, ou à se soulager d'autres manières plus agréables. J'ouvre la douche

principale et remarque le shampoing et l'après-shampoing sur le support brillant à l'intérieur de la douche, à côté d'une barre de savon soyeuse et d'un gel douche.

La pression chaude de l'eau s'abat sur moi, rebondissant sur mes tétons trop sensibles qui ont un lien direct avec mon clitoris qui demandait de l'attention. Je jette un coup d'œil à la porte puis à la pomme de douche à main.

Non, Isabella, non ! Prends juste une douche et sors d'ici. Je me retourne et m'appuie contre le mur avec mes mains pendant que je laisse l'eau m'inonder, mouillant mes cheveux et essuyant les rayures de couleur arc-en-ciel de mon torse. J'essaie de mon mieux de ne pas imaginer une scène où Andrey se glisse dans la douche derrière moi.

Pour me changer les idées de la douleur entre mes cuisses, je me lave et me rince rapidement les cheveux, mais mes pensées s'éloignent à nouveau tandis que je commence à frotter le pain de savon sur mon corps, et bientôt je fantasme que c'est Andrey qui le fait.

Il prend le savon et commence à le frotter sur mon dos, le savonnant sur ma peau avec des mains fortes alors qu'elles glissent plus bas vers mes fesses. Il commence à masser un monticule ferme, puis l'autre.

Ses doigts plongent dans la fente et glissent le long de celle-ci, se déplaçant un peu plus bas jusqu'à l'endroit où il encercle ma chatte, s'arrêtant juste avant de la toucher avant que ses mains ne remontent mon ventre et ne savonnent ma poitrine, prenant un soin particulier à pincer et à tordre doucement chaque mamelon. Pendant tout ce temps, je peux sentir sa bite dure comme du roc pressée contre mes fesses, pulsant pour attirer l'attention et entrer dans mon trou d'amour.

Avant de m'en rendre compte, je fais courir le pain de savon sur tout mon corps, imaginant que ce sont les mains d'Andrey pendant que sa bouche chaude suce, mordille et embrasse mon cou. Je sens un léger gémissement s'échapper de mes lèvres tandis que mon doigt tourne dans mon humidité et commence à taquiner mon clitoris gonflé. Je sens que je suis juste au bord du gouffre, et il ne me faudra pas grand-chose pour exploser.

Je laisse l'eau laver le savon de mon corps, piquant mes seins et augmentant mon plaisir. Je me sens atteindre le sommet. Je me mordille la lèvre pour réprimer le gémissement bruyant qui pousse dans ma gorge, et je m'appuie lourdement contre le carrelage en travaillant ma chatte jusqu'à l'orgasme.

Je sens le monde exploser en étincelles de couleur derrière mes yeux, et la voix d'Andrey me frappe comme un seau de glace jeté sur mon corps fumant. Mes yeux s'ouvrent brusquement et se verrouillent sur les siens bleus assombris par le désir. Il se tient immobile, me fixant avec une chemise en coton bleu dans une main et quelques serviettes moelleuses dans l'autre.

"Oh, merde !" Je marmonne, et le savon décide de s'échapper de la scène. Il tombe de mes mains, se cambre dans l'air pour atterrir sur le sol à l'extérieur de la douche. Je n'y réfléchis pas à deux fois et me précipite hors de la douche après l'avoir fait. Au même moment, Andrey cesse de bâiller, pose les objets qu'il tient dans sa main sur le comptoir et plonge vers l'évadé.

Mes pieds encore mouillés glissent sur le carrelage et nos corps entrent en collision.

Chapitre 6

ANDREY

Je termine mon appel à Urie et me souviens que je n'avais pas mis de serviettes propres ni de chemise dans la salle de bain pour Bella. Pendant que j'étais au téléphone, Helen a apporté une bouteille de champagne et deux flûtes. Je prends les serviettes et la chemise dans le placard à côté de la salle de bain. Je frappe à la porte, mais il n'y a pas de réponse. Je colle mon oreille à la porte et j'entends la douche couler, mais j'entends Bella gémir.

Je pense immédiatement qu'elle est tombée sur le carrelage glissant que j'essaie de refaire dans la salle de bain. Je n'ai pas eu le temps de la prévenir. Je frappe à nouveau et j'appelle un peu plus fort, mais elle ne répond pas. Je l'entends à nouveau gémir, mais cette fois un peu plus fort. Je tourne la poignée - la porte n'est pas verrouillée. Puis j'entends un gémissement encore plus fort. Je passe la porte en quelques secondes. Je vole

dans la salle de bain, le cœur battant, me demandant ce qui est arrivé à Bella, pour m'arrêter et fixer le spectacle qui s'offre à mes yeux, qui arrête presque mon cœur.

Mon souffle se bloque dans ma gorge, et ma bite se met instantanément au garde-à-vous. Je sais que la bonne chose à faire est de me détourner, mais je ne peux pas. Je suis transpercé par la nymphe des eaux dans ma douche. Ses cheveux noirs mouillés, longs jusqu'aux épaules, tombent en cascade sur son épaule tandis que l'eau de la douche se déverse autour d'elle comme de la pluie. Elle se jette sur ses mamelons, qui sont pointus alors qu'ils laissent l'eau les taquiner avec avidité.

Je peux voir et sentir l'odeur fraîche du savon à la vanille qu'elle serre fermement dans une main. Son corps magnifique est tonique à la perfection avec ses seins doucement arrondis qui, je le sais, rempliront mes paumes.

Bella n'a absolument pas conscience de ma présence, et je réalise pourquoi elle gémit alors que je la regarde jouer avec sa chatte soigneusement taillée. Encerclant et taquinant son clitoris alors qu'elle se dirige vers l'orgasme, ses yeux sont fermés, ses dents blanches serrées sur sa lèvre inférieure alors qu'elle jette sa tête en arrière, s'abandonnant au plaisir qu'elle s'est apporté.

Elle est vraiment magnifique, et avant que je puisse m'en empêcher, son nom s'arrache de mes lèvres sous la forme d'un gémissement torturé. Mes pieds sont figés sur place lorsque ses yeux s'ouvrent brusquement et rencontrent les miens.

Putain ! Ses yeux noisette sont sombres de passion qui se transforme rapidement en choc quand elle me voit la regarder bouche bée comme un vieux pervers. Le pain de savon qu'elle tenait dans la main qui ne titillait pas sa zone de plaisir gicle comme un bloc de sperme de sa main. Il tombe et glisse sur le sol carrelé.

Je pousse la chemise et la serviette de côté en allant chercher le savon, mais Bella y va aussi. Seuls ses pieds sont mouillés et glissants à cause de la douche, transformant le sol en glissement et en glissade, l'envoyant sur une trajectoire de collision avec moi.

Un gémissement m'échappe lorsque son corps se connecte au mien, non pas à cause de l'impact mais du choc de sentir son corps chaud et humide contre le mien dur. Mes bras se déploient instantanément et se serrent autour de ses hanches douces et nues, et je sais qu'il n'y a pas de retour en arrière à partir de ce moment.

Je n'ai jamais autant désiré quelqu'un qu'elle en ce moment. Sa tête se lève brusquement pour me regarder. Nos yeux se rencontrent et se tiennent. Je vois une lueur d'incertitude dans les siens, mais elle disparaît en un instant et est remplacée par le regard exact que j'ai vu dans ses yeux quand elle les a ouverts pour la première fois - le désir.

« Ne me regarde pas comme ça, » dis-je, ma voix rauque. « Je me bats pour rester ensemble ici. »

« Je... » Bella me fixe, et je peux sentir ses mamelons durcir contre ma poitrine à travers mon t-shirt, et tout ce que je veux faire, c'est l'arracher pour pouvoir sentir sa chair contre la mienne. « La douche... » Ses yeux n'ont pas quitté les miens, et c'est à ce moment-là que sa jolie langue rose sort et lèche ses lèvres. «

Oh putain ! » Ma tête penche, mes lèvres écrasent les siennes, et un bras serre sa taille tandis que l'autre tire sa tête plus près de moi.

Je la soulève, tirant ses jambes autour de ma taille. Bella s'accroche à moi. Je peux sentir la force de ses cuisses, sa chatte nichée juste au-dessus de ma bite douloureuse.

Alors que nos lèvres sont enfermées dans une bataille sensuelle qui attise nos sens, je me dirige vers la douche. D'une main, je parviens à fermer les robinets avant de la faire pivoter et de poser son cul sur le plan de travail en marbre.

Nos lèvres s'entrouvrent et elle halète quand le froid frappe ses fesses. Les yeux de Bella sont devenus d'un vert profond et brumeux de désir alors qu'elle me fixe.

Ma main enveloppe sa mâchoire et mon pouce trace ses lèvres. Elle les humidifie avec sa langue douce, qui s'élance et attrape le bout de mon doigt.

Bella me regarde, immobile, assise fièrement exposée. Je peux voir le pouls de son cou s'accélérer au rythme de la montée et de la descente de sa poitrine, mettant en valeur ses seins presque ronds et ses mamelons tendus de désir. Je passe ma main dans sa gorge. Bella lève légèrement le menton pour me donner un meilleur accès à son cou gracieux.

Mes doigts glissent au milieu de ses seins et un petit gémissement s'échappe de sa gorge qui se transforme en un doux gémissement lorsque mes mains enveloppent ses seins fermes. J'avais raison. Ils s'inséraient parfaitement dans mes paumes comme s'ils étaient faits pour moi.

Bella penche la tête en arrière, sa respiration s'approfondit tandis que je pétris les monticules charnus, pinçant ses mamelons sensibles entre mes index et mes pouces. Les yeux de Bella sont fermés et un doux son s'échappe de ses lèvres.

« Ouvre les yeux, Bella. » Ma voix est douce. « Je veux te voir. »

Ses cils battent en s'ouvrant et ses yeux rencontrent les miens. La respiration de Bella s'est raccourcie et elle me regarde baisser la tête pour faire tournoyer ma langue autour de son mamelon. Elle est si sensible et réceptive à chacun de mes mouvements, succions et léchages de son mamelon que ma bite a déjà l'impression de vouloir exploser.

Mais je veux savourer chaque instant d'elle et m'occuper de l'autre sein. Elle gonfle sa poitrine pour que je lui suce les tétons. Bella bouge ses hanches et commence à se tortiller sur le comptoir. Mes mains quittent ses seins pour remonter ses cuisses toniques.

J'écarte ses jambes et regarde sa chatte. Je l'entends prendre une inspiration, la sens s'incliner légèrement et pousser un léger halètement lorsque mes pouces écartent les lèvres de sa chatte.

Putain, elle est tellement mouillée. Mes yeux rencontrent ses yeux maintenant encapuchonnés. Je peux voir le besoin en eux.

« Que veux-tu, Bella ? » lui demandai-je, laissant mon pouce explorer les replis doux et humides de ses lèvres. Elle avala. Je pouvais y voir une hésitation. Je passai doucement mon pouce autour de son clitoris, et ce doux petit miaulement vibra dans sa gorge. « Est-ce que tu aimes ça ? »

Elle hocha la tête. « Je... Je... » Bella s'éclaircit la gorge. Sa voix n'était qu'un murmure. « Je veux. »

« Comment aimes-tu être touchée, Bella ? » Ma bite subit une pression dans mon pantalon. Mon pouce taquine son clitoris gonflé, et ma langue meurt d'envie de prendre le relais, de la goûter. Mais quelque chose me retient. Un besoin profond et primaire s'agite en moi que je n'avais jamais ressenti avec une autre femme auparavant. Je veux qu'elle se soumette complètement à moi.

Elle ferma les yeux et se mordit la lèvre.

Je retirai mon pouce, et ses yeux s'ouvrirent brusquement. « Je t'avais dit de ne pas fermer les yeux. »

« Je... » Bella se lécha les lèvres, et je pus sentir ses cuisses se contracter et son bassin bouger.

Je m'approche, poussant ses jambes vers le bas pour qu'elle ne puisse pas réprimer la douleur d'être touchée en se tortillant ou en serrant ses cuisses ensemble. Je me tiens entre ses cuisses écartées.

Mon pantalon chino touche le sommet entre ses jambes, lui permettant de sentir ma bite dure comme du roc qui met beaucoup de temps à s'arrêter de frotter contre elle. Elle essaie de se rapprocher, mais je l'arrête. Mes lèvres trouvent son cou, et je le baigne de doux baisers.

"Tu es si sensible", je marmonne, en prenant son visage en coupe et en couvrant ses lèvres avec les miennes une fois de plus. Le goût de ses lèvres est enivrant, et je ne peux qu'imaginer quel goût a le reste de ses lèvres. Elle essaie de se pousser contre ma dureté, mais je l'arrête. "Dis-moi ce que tu veux, Bella."

Je me penche en arrière et la regarde dans les yeux, me figeant en voyant l'air d'incertitude dans leurs yeux.

"Je ne sais pas ce que je veux", murmure Bella. Ses yeux tombent sur ma poitrine. "Je n'ai jamais fait ça avant."

Des signaux d'avertissement commencent à se déclencher dans ma tête, et je me rétracte un peu. « Tu n'as jamais fait quoi avant ? »

« Ça. » Bella ne veut pas croiser mon regard et baisse les yeux sur ses mains.

Je prends une inspiration, essayant d'ignorer mon érection furieuse qui essaie de trouver un moyen de se libérer de mon pantalon.

« Faire l'amour dans une salle de bain avec un inconnu ? » je la taquine avec un sourire

« Sexe. » La voix de Bella est si douce que je pense que je ne l'ai pas bien entendue.

Mes yeux s'écarquillent de surprise et je la regarde avec incrédulité. Je viens de la voir se faire jouir sous la douche comme tout ce que j'imagine de la déesse Vénus, et elle me dit qu'elle n'a jamais eu de relations sexuelles.

« Qu'est-ce que tu essayes de me dire, Bella ? » Bien que je sache que je devrais me retirer ou au moins avoir été un peu rebuté, cette chose primitive en moi grandit, tout comme mon désir pour elle. « Que tu es toujours vierge ? »

Elle lève le menton et carre les épaules, assise devant moi complètement nue, sans se laisser intimider par sa nudité. Bella me regarde dans les yeux avec défi, remplaçant le désir brumeux.

« Oui », répond Bella, et je peux voir la chair de poule apparaître sur sa peau alors qu'elle commence à avoir froid, mais elle ne bronche pas et n'essaie pas de se couvrir. « Je comprendrai si c'est rebutant. Mais c'est ma seule nuit de liberté pour faire ce que je veux.

— Et qu'est-ce que tu veux, Bella ? Je me retrouve à lui demander à nouveau. Mes mains sont tombées à mes côtés et je la regarde, essayant de mon mieux d'ignorer son léger frisson alors qu'elle se refroidit.

Ses yeux fixent les miens. Je les vois s'assombrir de nouveau de désir. — Je suis venue ici ce soir pour expérimenter la liberté et le désir. Elle déglutit. Je peux voir le défi briller à nouveau dans ses yeux avant qu'elle n'admette : — Et maintenant, je te désire.

Un sourire lève mes lèvres et je soutiens son regard, m'assurant qu'elle voit la révérence dans mes yeux alors que je la dévore avec les miens. Ma main prend son menton.

— Savoir que tu es vierge me donne encore plus envie de toi. Son honnêteté me touche. — Ça complique un peu les choses. Ma famille est composée de plusieurs parties, et ils peuvent être impitoyables quand il s'agit d'affaires. Mais quand il s'agit de certaines choses, nous sommes liés par un code d'honneur et de tradition.

Cette femme est pleine de surprises et de rebondissements délicieux qui m'ont presque embrouillé dans les nœuds pendant le peu de temps que je la connais. En ce moment, je ne veux rien de plus que d'ignorer ce code d'honneur ou de tradition et être celui qui l'emmène vers des sommets que personne d'autre n'a atteint.

Mais je sais aussi que si je prends sa virginité, je ne vais pas vouloir la laisser partir, et ma conscience ne me le permettra pas. Elle est un joyau rare dans ce nouveau monde dans lequel nous vivons. Et il se trouve que j'aime les choses rares et belles. Je sais aussi que je ne peux pas la baiser sur un comptoir pour sa première fois. Même si je suis aussi froid et impitoyable, je ne fais pas de mal aux femmes et aux enfants.

Quand il s'agit de sexe, j'aime que ma femme soit aussi heureuse que moi. De plus, je ne suis pas seulement le fils de mon père, mais aussi de ma mère, et elle a des normes élevées et est imprégnée de traditions.

« Tu sais, Bella, j'ai été élevé dans la croyance que prendre la virginité d'une femme est un profond honneur. C'est un acte sacré. C'était un cadeau qu'une femme offrait à son mari le soir de leur nuit de noces.

Je caresse sa cuisse soyeuse avant de continuer. « Cela implique la responsabilité non seulement d'éveiller la femme au monde du plaisir, mais aussi de faire le vœu de la protéger et de la chérir à vie. » Mes doigts s'arrêtent au sommet de ses jambes. « Dans mon monde, cet acte est un phare de pureté et de confiance, quelque chose à vénérer, pas à prendre à la légère. »

Je vois ses yeux s'écarquiller alors qu'elle m'écoute. « Je... » Je pose mes doigts sur ses lèvres.

« Donc, j'ai besoin que tu comprennes la profondeur de ce que nous sommes sur le point de partager et que tu sois absolument certain que c'est ce que tu veux. Parce qu'une fois que j'ai pris ta virginité, selon mon éducation, tu deviens mienne. »

Bella détourne le regard, se couvre les seins et commence à frissonner. Je tends la main et attrape le t-shirt que je lui ai apporté, l'aidant à s'y glisser alors que ma bite commence lentement à se ramollir. Je suis toujours debout entre ses jambes, essayant de combattre la déception de la voir couverte.

J'essaie aussi de lutter contre l'envie de l'arracher, de la soulever du dessus de marbre et de la pousser sur ma bite tremblante pour sentir son étanchéité chaude et humide me couvrir comme une manche. Je dois nous faire sortir de la salle de bain avant de la remettre sous la douche avec moi et de probablement lui faire peur pour le sexe à vie.

"Bella ?" Elle n'a pas dit un mot depuis que je l'ai prévenue de ce qui se passerait si je lui prenais sa virginité. "Tu es toujours avec moi ?"

Elle me fait un sourire serré et hoche la tête. "Je pense que je dois me bouger le cul de cette surface dure, cependant. Il commence à s'engourdir."

"Nous pouvons aller boire du champagne dans le salon de mon bureau", lui suggérai-je. "Helen l'a livré il y a peu de temps."

Bella hoche la tête. Je la soulève du comptoir, laissant mon corps glisser contre le sien, et je la sens pressée contre ma bite dure alors qu'elle se tient près de moi avec mes mains toujours sur ses hanches.

Nous restons ainsi quelques secondes pendant que je lutte pour reprendre le contrôle, ce qui est quelque chose avec lequel je n'ai jamais lutté auparavant. Mais encore une fois, je n'ai jamais rencontré quelqu'un comme Bella. Je ne comprends toujours pas comment quelqu'un d'aussi magnifique qu'elle peut encore être vierge.

Je sais que beaucoup d'autres hommes s'en moqueraient, mais je la crois. Je savais qu'il y avait un soupçon d'innocence derrière sa façade courageuse.

J'avale, inspire et recule pour qu'elle passe devant moi. Mon t-shirt n'a jamais été aussi beau qu'il tombe sur ses genoux et l'engloutit. Elle tend la main vers son jean et je lui prends la main pour l'arrêter.

« Ne fais pas ça », dis-je. « Mon t-shirt couvre assez. »

J'ai peut-être une morale sur le fait de prendre une vierge, mais cela ne veut pas dire qu'il n'y a pas plein d'autres façons de se faire plaisir. Comme ce qu'elle faisait quand je suis entré ici et que j'ai pensé qu'elle avait mal. Il s'avère que c'est moi qui ai fini par avoir mal.

« Mais nous allons nous asseoir dans ton bureau », souligne-t-elle. « Et si quelqu'un entre ? »

« Ils ne le feront pas », lui assure-je. « Si ça peut te rassurer, je fermerai la porte à clé. »

Elle enlève son pantalon et je lui fais signe de sortir de la salle de bain. Alors qu'elle se tourne, j'ajuste ma bite dans une position plus confortable.

Descends, mon garçon. Peu importe comment se déroule la nuit, tu auras ton tour pour sortir et jouer.

Chapitre 7

Je devance Andrey dans son bureau et remarque un seau à glace à côté du grand canapé extra-long. Il y a une bouteille de champagne onéreux et deux flûtes à champagne sur un plateau en argent sur la table basse.

Fidèle à sa parole, Andrey verrouille la porte pendant que je m'assois sur le canapé, et il me rejoint, faisant sursauter mon cœur et me donnant la chair de poule à cause de sa proximité. Son parfum est un mélange de musc, de vanille et de bergamote, dansant dans l'air autour de moi, comme de petits doigts séduisants essayant de m'attirer plus près de lui.

Je regarde Andrey ouvrir la bouteille de champagne et verser deux verres. Sa chemise s'étend sur son large dos, laissant deviner son incroyable physique en dessous. Il se déplace avec une telle confiance et une telle grâce - il est très certainement un prédateur au sommet et dangereux. Pendant que j'essaie de l'effacer.

Je ne suis pas idiote ; J'ai entendu des rumeurs selon lesquelles ce club aurait des liens avec une famille criminelle. Si Andrey gère le club, cela signifie qu'il est bien connecté avec, je suppose, d'après l'appel téléphonique en russe tout à l'heure, la Bratva.

Je sais que je devrais me sentir bizarre ou gênée, mais ce n'est pas le cas. Je me sens tellement excitée d'être assise ici, vêtue uniquement de la chemise en coton d'Andrey, tout comme je l'ai été quand je l'ai vu me regarder jouer avec moi-même sous sa douche. J'ai été mortifiée pendant environ deux secondes quand je l'ai vu debout devant moi.

Mais le regard dans ses yeux alors qu'il me regardait et la bosse grandissante dans son pantalon m'ont fait me sentir si audacieuse, sauvage, libre et enfin en contrôle - je me sentais puissante et si sexy. C'était encore plus exaltant d'être assise sur le comptoir devant lui, nue et exposée.

Pendant qu'il me regardait, j'ai réalisé que je pouvais être qui je voulais avec Andrey, parce qu'il était un étranger. Il n'y avait aucune raison d'essayer de me baisser ou de plonger. Il m'avait déjà vue, et le meilleur, c'est qu'il ne me connaissait pas. C'était une page blanche sans attentes, sans limites, sans ombres planant sur moi - juste lui et moi.

Je peux encore sentir ce baiser brûlant picoter mes lèvres lorsque nos corps se sont glissés l'un dans l'autre. Ou, plus précisément, je me suis glissée nue dans toute ma gloire dans Andrey. Notre deuxième collision s'est terminée avec moi montrant toutes mes marchandises et mouillée une fois de plus !

Je soupire mentalement en le regardant s'asseoir avec deux verres de champagne pétillant. Il m'en tend un, capturant mon regard avec le sien alors qu'il se tourne vers moi, sa cuisse touchant la mienne, envoyant des picotements instantanés dans toutes mes zones érogènes.

Si j'avais juste dit, je te veux, à Andrey quand il m'a demandé de lui dire ce que je voulais, peut-être que nous serions en train de faire l'amour partout dans la salle de bain et dans son bureau en ce moment. Mais non, je dois y aller et ouvrir ma grande bouche et lâcher. Je n'ai jamais fait l'amour avant ; je suis vierge.

J'ai enfreint la règle numéro un de la nuit.

J'entends la voix de Stacy sur le chemin du club résonner dans ma tête tandis que je sirote le liquide pétillant et que les bulles me chatouillent le nez : Bells, si tu veux coucher avec quelqu'un, tu ne peux pas dire à l'homme qui sera ton premier que tu es vierge.

Stacy a dit qu'ils le découvriraient bien assez tôt, et d'ici là, aucun homme au sang chaud ne voudrait s'arrêter. Problème résolu : je ne suis plus la seule vierge de vingt et un ans à Boston !

Eh bien, mon problème n'est pas résolu parce que j'ai bêtement enfreint la règle d'or, et je vois ce que Stacy veut dire par le fait que certains hommes ont des problèmes avec la virginité. Leçon apprise à la dure et frustrante.

Maintenant, je suis assise à côté d'un beau mec viril et sexy au lieu de me trouver sous lui parce qu'il a un code de conduite concernant les vierges, et parce que Stacy a disparu, ce sera peut-être ma dernière nuit de liberté ! Surtout si James ou Genevra se réveillent avant mon retour, ou si je ne suis pas à l'autre bout de l'Amérique, à Vegas, avec six heures d'avance sur James, qui, je le sais, viendra me chercher.

Quand j'ai commencé ce soir, j'étais sûre que tout le monde était gagnant. Mais me voilà, glissant rapidement dans une situation perdante-perdante et donnant à mon cher papa une vierge à remettre à Conference Voice et à son fils Quasimodo. Cette fois, dans six mois, je ferai des essayages de robes de mariée et je porterai probablement une ceinture de chasteté si on me découvre pour ma soirée illicite. Surtout

si je ne me débarrasse pas de cette foutue virginité. Qu'est-ce qui ne va pas avec les hommes ? Le sexe, c'est le sexe ! Soudain, je regrette d'être dans les années 70, l'âge du sexe, de la drogue et du disco. Je pense que j'aurais l'air plutôt bien avec des couleurs psychédéliques et des pantalons pattes d'éléphant – tout cela était consacré à la perte de la virginité et au combat contre l'homme.

« Un sou pour tes pensées ! » La voix d'Andrey pénètre mes pensées.

« Ils ne valent pas vraiment autant », lui dis-je en buvant une plus grande gorgée du liquide doré.

« Pourquoi ne me laisses-tu pas décider ? » Il se rapproche et je peux voir les reflets argentés dans ses yeux bleus. Son parfum enivre mes sens en se mêlant à l'alcool.

Pourquoi ne pas lui raconter mon après-midi de merde ? Je prends une longue gorgée et finis le champagne. Andrey se penche, prend la bouteille et remplit mon verre.

« Maintenant, je sais qu'ils valent plus qu'un centime. » Andrey sourit, remettant la bouteille sur la glace. « Boire du champagne signifie généralement que tu as un problème ? »

« As-tu déjà eu une de ces journées où tout ce qui pourrait aller mal va mal ? » Je prends une autre gorgée et la boisson commence à avoir de meilleur goût.

« En fait, je suis en train de vivre une de ces journées aujourd'hui », me dit Andrey en buvant une gorgée de son verre. « J'irais probablement jusqu'à dire que c'était une autre mauvaise journée qui a changé ma vie. » Un sourire se dessine sur ses lèvres tandis que ses yeux me parcourent de manière séduisante. « C'était jusqu'à ce qu'un petit spitfire me percute. »

« Tu m'es rentré dedans », lui ai-je rappelé, mais je ne peux m'empêcher de sourire.

« L'accident le plus agréable que j'aie jamais eu », me dit Andrey en levant son verre vers le mien. Je m'exécute avec un léger tintement de cristal rencontrant le cristal. « Alors pourquoi tu passes une journée de merde ? » Il étire son bras le long du dossier du canapé, passant une main sur ma joue.

Son contact brouille instantanément mes sens excités qui m'incitent à lui dire la vérité. Enfin, une partie de la vérité en tout cas. Juste au cas où il connaîtrait Quasimodo.

« Je suis sorti ce soir avec la ferme intention de profiter de mes dernières nuits de liberté avant d'être à nouveau enfermé dans ma cage de verre. » Je fixe les bulles de mon verre et prends une autre gorgée avant de continuer.

« Tu te sens comme un prisonnier à la maison ? » Andrey m'observe attentivement et sirote la boisson pétillante.

« J'ai une famille surprotectrice qui pense que je suis une marionnette qu'ils peuvent diriger pour faire ce qu'ils veulent que je fasse, et d'ici la semaine prochaine, je serai fiancé à quelqu'un avec qui je ne veux vraiment pas être fiancé. »

Je vois ses sourcils se lever. « Alors, au lieu d'une nuit de folie, pourquoi ne pas simplement partir ? » demande Andrey, portant le verre à sa bouche. Une bouche que je sens encore collée contre la mienne et qui suce mes tétons.

« J'ai essayé ça une ou deux fois. » Vraiment. À chaque fois, mon père a réussi à me retrouver d'une manière ou d'une autre. C'est ironique, vu que j'ai été entraîné à disparaître sans laisser de trace si besoin est. « Je pense que mon père a peut-être un traceur implanté sous ma peau quelque part. »

Stacy a suggéré que je n'avais pas vraiment envie de m'enfuir. Parce que si je l'avais fait, elle doutait que même le FBI, la CIA et toutes les autres forces secrètes existantes puissent me retrouver.

Mon père avait fait en sorte que je puisse le faire. Elle avait probablement raison parce que je savais que l'utilisation de ma carte de crédit me ferait arrêter, mais je l'ai fait quand même.

« Ah, alors ton père t'a trouvé ? » Andrey fronce les sourcils, tend la main pour attraper la bouteille et remplit nos verres.

« Oui. » J'acquiesce. « Il s'avère que je ne suis pas si doué pour disparaître après tout. » Je soupire, appréciant ses doigts parcourant mes cheveux encore humides, qui doivent ressembler à des queues de rat à présent.

« Je pourrais t'aider si jamais tu étais sérieux à ce sujet », propose Andrey. « Disparaître, bien sûr. »

« Merci », dis-je. « Je garderai ça à l'esprit. »

Pendant un moment, je suis tenté d'accepter son offre. Mais mon père connaît des gens puissants. Probablement même le patron d'Andrey qui possède ce club. J'ai entendu des rumeurs de Stacy et des conversations que j'ai entendues de James selon lesquelles il aurait des liens avec l'une des familles criminelles les plus connues et les plus puissantes de Boston.

Comme Andrey parlait russe au téléphone plus tôt, je parie sur la Bratva. Je détesterais qu'il arrive quelque chose à Andrey parce qu'il a essayé de m'aider à échapper aux griffes de Quasimodo.

« Eh bien, moi aussi, je suis fiancée à quelqu'un avec qui je ne veux pas être fiancée », me dit Andrey. « Mais tu sais, les obligations familiales et tout ça. Que peux-tu faire ? »

« Perdre ta virginité dans un club illicite, prendre l'avion pour Vegas, trouver le premier homme disponible et consentant, merde, je paierais même un acteur, me marier dans une de ces chapelles de mariage rapide », je murmure.

« Ah ! » Andrey sourit, sirotant son champagne et me regardant comme s'il essayait de lire dans mes pensées. « C'est donc pour ça que tu es venue ici. » Son sourire s'élargit.

J'acquiesce : « En gros. »

« Tu avais prévu de te faufiler dans le Dark Velvet Lounge pour ton éveil sexuel ? Puis de t'envoler pour Vegas pour te marier. » Il finit son verre et pose son verre sur la table, me fixant quelques secondes avant de se pencher vers moi.

« Quelque chose comme ça. » Ma voix semble rauque alors qu'il se rapproche.

Le visage d'Andrey est maintenant proche du mien. Je peux sentir son souffle chaud près de mes lèvres. Sa voix est profonde, douce et rauque. « As-tu réservé tes billets pour Vegas ? »

J'acquiesce. « Oui, mais ils sont dans mon sac à main, qui est avec mon manteau dans le vestiaire. Mon amie qui était censée être ici avec moi est partie sans me le dire, emportant le ticket de manteau avec elle », lui dis-je en ricanant. « En fait, je cherchais le directeur du club pour parler à cette méchante dame au vestiaire pour me donner mes affaires. Elle ne bougeait pas sans le ticket ou le feu vert du directeur. »

« Puis je t'ai croisé », dit Andrey, prenant mon verre de ma main et le posant sur la table. « Comme c'était fortuit pour toi et moi. » Il se rapproche, prend mon visage en coupe et ses lèvres glissent sur les miennes. « Je t'aiderai à prendre tes affaires dans le placard à manteaux », promet-il, un sourire sexy s'étalant sur ses lèvres.

Andrey me tire par les cuisses, me faisant glisser sur le dos avec mes jambes enroulées autour de sa taille. Il pousse lentement le t-shirt sur mes jambes. Ses pouces taquinent les plis où ils rejoignent le sommet de mes cuisses.

« Je pensais que prendre ma virginité était une chose importante pour toi. » Je ne reconnais pas qui a dit ça, car la voix est rauque et essoufflée.

Un petit hu... hu... s'échappe de mes lèvres lorsque la tête d'Andrey penche et que je peux sentir son souffle chaud sur ma chatte juste avant qu'il ne dépose quelques légers baisers sur mes lèvres inférieures, et encore une fois ce petit son filtre à travers mes lèvres.

« C'était avant que je connaisse ta situation difficile », dit Andreys, ses pouces écartant les lèvres de ma chatte pour permettre à sa langue de lécher doucement mon clitoris. « Ou ton plan. J'ai décidé de t'aider avec les deux. »

« Oh ! » je souffle. « Euh... » De quoi parlions-nous ? Ma tête se renverse en arrière de plaisir, et je peux sentir mes yeux se révulser alors qu'un désir brûlant et brûlant bouillonne en moi.

« Qu'en dis-tu, Bella ? » Il suce et taquine mon bouton palpitant.

« Oh... oui. » J'incline mes hanches vers lui alors que son visage s'enfouit entre mes jambes. Il se met au travail en léchant, suçant, tourbillonnant et taquinant mon clitoris, m'envoyant dans un oubli sexuel insensé. Je tressaille alors qu'il glisse un doigt en moi. « Oh, ouiiiiiii ! »

« Tu as le goût du paradis. » Le souffle chaud d'Andrey se mêle à mon jus avant que sa bouche ne se referme une fois de plus sur les lèvres de ma chatte et n'ajoute un autre doigt en moi.

« Oh mon Dieu. » Je crie encore plus tandis qu'il commence à le faire entrer et sortir, en faisant attention de ne pas aller trop loin. « S'il te plaît, s'il te plaît, n'arrête pas, » je le supplie en me tortillant, essayant désespérément d'atteindre le bord mais en même temps je ne veux pas que les taquineries s'arrêtent, et je suis sur le point d'atteindre une douce libération quand il s'arrête. « Nooooooo ! » Je gémis, mes mains se dirigeant instantanément vers mes régions inférieures en désespoir de cause pour atteindre la libération dont j'ai besoin.

Andrey attrape mes mains d'une poigne de fer. « Oh, non, tu ne le feras pas, petite cracheuse de feu. » Mes yeux s'ouvrent brusquement et je vois son désir brûler et une intention sombre. « Pas encore. »

« S'il te plaît, ne sois pas cruelle. » Je me tortille contre lui. Il rit et se rassied. Mes parties intimes sont pleinement exposées pour lui avec mes jambes écartées autour de lui.

« Mon Dieu, tu es si belle, humide et réceptive. » Les yeux d'Andrey parcourent mon corps, atterrissant sur mon vagin palpitant et nécessiteux. Il passe un doigt dessus et je m'entends gémir. « Tu as tellement bon goût. » Sa voix est rauque alors qu'il glisse du canapé, lâchant mes poignets. « Ne te touche pas », prévient-il.

J'ai envie de crier quand son corps quitte le mien. C'est presque douloureux. Je suis tellement excitée. J'entends le bruit d'une boucle de ceinture et je me retourne pour le voir desserrer son pantalon, qu'il fait glisser le long de ses longues jambes musclées.

Il porte toujours son caleçon alors qu'il retire son t-shirt et je prends une inspiration. Mon Dieu, il est encore plus défini et beau que je n'aurais cru possible. Ses muscles ondulent lorsqu'il jette le t-shirt de côté. Les yeux d'Andrey croisent les miens alors qu'il enlève son boxer, sans jamais rompre le contact visuel.

Sa longue bite épaisse se détache et mon esprit s'étonne. Oh mon Dieu, cette chose est énorme ! Je sais que je devrais avoir peur parce qu'elle va probablement me déchirer, mais tout ce que je veux faire, c'est la toucher.

Je me redresse et me retrouve face à face avec sa queue près de mon nez. Je n'en ai jamais sucé ou touché une auparavant, mais je sais que j'en ai vraiment envie. Je lève les yeux vers lui avec hésitation et il sourit.

« Donne-moi ta main », dit Andrey en lui tendant la main. Je place ma petite main dans la sienne. « Laisse-moi t'aider. » Sa voix est encore plus profonde et rauque maintenant. Il place ma main sur sa queue, et elle pulse, comme de la soie. « Enroule ta main autour comme ça. » Il me montre avec son autre main. « Ensuite, tu la fais doucement monter et descendre en n'exerçant qu'une légère pression. »

Je fais ce qu'il me dit et je l'entends gémir. Je m'arrête instantanément et lève les yeux vers lui, espérant ne pas avoir poussé trop fort ou ne pas lui avoir fait mal.

« Désolé », dis-je et j'ai immédiatement envie de me gifler alors que sa poitrine se soulève et s'abaisse dans un petit rire.

« Tu ne me fais pas mal, petit foutu. » La voix d'Andrey est douce et ses yeux sont assombris par le désir. « Tu peux prendre mes couilles dans tes mains et les masser doucement comme ça. » Il prend mon autre main et me montre comment faire. « Maintenant, mets les deux ensemble, et je te promets que tous les gémissements que tu entends de ma part sont... Euhhhh. » Il jette sa tête en arrière tandis que je travaille mes mains avec ardeur. « Du plaisir. »

Je vois une goutte de sperme s'écouler de l'œil de son pénis et je presse doucement la tête pour en extraire un peu plus pour aider à la friction, et Andrey attrape ma main.

« Agh, » grogne Andrey. « Arrête... arrête s'il te plaît. » Sa voix est à peine audible alors qu'il me tient les mains, fermant les yeux.

« Est-ce que... est-ce que j'ai fait quelque chose de mal ? » je demande, me sentant comme une idiote.

Qu'est-ce que je pense de faire l'amour pour la première fois avec un homme du monde comme Andrey ? J'aurais dû trouver un nerd qui n'avait jamais eu de relations sexuelles avant pour que nous puissions tous les deux nous débrouiller.

Les yeux d'Andrey s'ouvrent brusquement, et il me regarde, tombe à genoux devant moi, et se faufile entre mes jambes. « Putain non ! » Sa voix est toujours rauque. « Tu as tout fait trop bien. J'ai failli jouir en quelques coups de main. »

Il m'embrasse doucement sur les lèvres tandis que ses mains remontent le long de mes jambes, et son pouce commence à masser mon clitoris. « Je ne veux pas encore finir, petit. » Les lèvres d'Andrey commencent à taquiner les miennes tandis que son pouce tourbillonne et tapote doucement mon bouton. « Je veux savourer chaque instant de t'accueillir dans le monde agréable du sexe. »

Avant que je puisse dire quoi que ce soit, sa bouche dévore la mienne. Son pouce quitte mon clitoris, et je gémis dans sa bouche alors qu'il fait glisser le haut, laissant notre peau nue se toucher. C'est si bon d'avoir sa poitrine glissant contre la mienne.

Un gémissement s'échappe de mes lèvres entre deux baisers. Andrey nous manœuvre habilement sur le canapé pour que je sois allongée sur le dos avec mes jambes autour de lui, et Andrey se positionne sur moi.

« C'est si bon », marmonnai-je, devenant folle avec toutes les différentes sensations sensuelles assaillant mes sens en même temps. « Je ne sais pas où je veux être touchée. » Je me tortille en dessous. « Je veux te sentir partout sur moi. »

« Et tu le feras », promet Andrey. Je peux sentir le bout doux de sa queue taquiner ma chatte alors qu'elle glisse dessus pendant que les mains d'Andrey s'attaquent à ma poitrine. "Mais d'abord, il y aura un peu de douleur car tu es très serrée. Mais une fois que la brûlure sera passée, je te promets que le reste sera agréable."

Je n'arrive pas à réfléchir clairement à ce moment-là alors que sa queue de velours glisse sur mon clitoris glissant pendant qu'Andrey bouge ses hanches d'avant en arrière. Ses mains quittent mes seins et il s'appuie sur ses bras. Je peux voir les veines de son cou s'étendre alors qu'Andrey se retire, et cette fois je peux sentir la tête de son monstre borgne à l'ouverture de ma chatte.

Il commence à la pousser en moi. Mes yeux s'écarquillent lorsque la bite d'Andrey commence à me remplir. Je la sens m'étirer, et pendant quelques secondes, je me demande si je pourrai le prendre en entier ou s'il va m'ouvrir en deux. Puis ses lèvres écrasent les miennes et il pousse fort, l'enfonçant entièrement en moi. C'est comme si quelqu'un avait envoyé un tisonnier brûlant dans mon meuh-meuh pendant quelques secondes.

Mais Andrey reste immobile, se tenant à l'écart de moi. Sa bouche taquine et cajole mes lèvres pendant qu'il murmure quelque chose en russe, mais pour l'instant, mon dictionnaire russe-anglais est hors ligne.

« Putain, tu es si serrée », grogne-t-il, soulevant ses lèvres des miennes, avalant de l'air.

Je peux voir Andrey lutter pour le contrôle, et je peux sentir sa bite pulser en moi ; les parois de ma chatte se serrent instinctivement autour d'elle, appréciant la sensation lancinante.

Un gémissement arrache de la gorge d'Andrey, et il commence à bouger ses hanches. Je me sens si pleine alors que son pénis frotte contre l'intérieur tendre de ma chatte. Je l'entends siffler, et il commence à pousser plus vite, prenant de la vitesse, et la brûlure commence à se transformer en plaisir alors que je m'adapte à la taille de sa bite, et mes hanches trouvent son rythme qui fonctionne avec lui alors qu'il me pousse au bord de l'orgasme.

« Oh mon Dieu ! » Je suis essoufflée et j'ai désespérément besoin de la libération à la fin du plaisir le plus intense que j'aie jamais ressenti, mais en même temps, je ne veux pas non plus que ce sentiment s'arrête.

Je me sens atteindre mon apogée. Les parois de ma chatte se contractent autour de sa queue et commencent à la traire alors que j'essaie de la tirer plus profondément si c'est même possible. Tout ce que je sais, c'est que je veux la sentir toucher mon âme.

« Oh putain, Bella, » grogne Andrey en rejetant la tête en arrière. « Tu es tellement, tellement mouillée et serrée. J'ai besoin que tu jouisses pour moi, bébé. » J'entends la supplication angoissante dans sa voix.

Ses mouvements deviennent encore plus rapides, et je m'adapte à chaque poussée, bougeant frénétiquement mes hanches. Andrey me martèle maintenant. J'entends nos chairs claquer, et mes seins se balancent.

« Je... je suis presque... » Je ne trouve pas les mots qu'il faut dire. Mon cerveau s'est transformé en un vortex tourbillonnant de bouillie. J'enroule mes jambes autour de sa taille pour le tirer aussi profondément en moi que possible. « S'il te plaît... » je crie, ne sachant pas trop ce que je demande.

Les larmes commencent à s'accumuler au coin de mes yeux alors que la sensation en moi devient écrasante. Je n'ai jamais rien ressenti de tel. Andrey donne quelques coups durs, et c'est comme s'il appuyait sur un bouton magique. Mes yeux s'ouvrent brusquement alors que l'orgasme le plus incroyable que j'aie jamais eu me traverse.

Je crie. « Putain ! Ohhhh Putain. » Je pousse mes hanches, chevauchant les délicieuses vagues de plaisir qui me submergent, me laissant une masse tremblante de gelée avec des larmes coulant sur mes joues.

Je sens Andrey se raidir, et sa tête tombe à côté de moi, un gémissement déchirant de l'intérieur de lui. « Aggghhhh. » Sa respiration est saccadée, et il continue de pousser, déversant sa semence chaude en moi.

Sa bite se secoue et pulse, chatouillant les parois toujours sensibles de ma chatte, et à ma grande surprise, je sens un autre orgasme se développer. Je bouge mes hanches en frottant mon clitoris contre lui pendant qu'Andrey rigole. Maintenant appuyé sur ses coudes, il écarte les cheveux de mon front, embrassant doucement les larmes de mes joues.

Il me tient, me laissant l'utiliser comme un bâton de frottement de clitoris, rebondissant sur sa tige toujours raide pendant que je le chevauche vers un autre orgasme.

« C'est ça, bébé », chuchote Andrey, m'embrassant et m'aidant à jouir une fois de plus. « Lâche prise. » Il embrasse mon cou et m'aide en bougeant avec moi. « Dis-moi ce dont tu as besoin, Bella. »

« Plus fort ! » je souffle, voulant le sentir appuyer à nouveau sur ce bouton magique. « S'il te plaît. Oh, s'il te plaît. » Je prends une inspiration tremblante alors que la sensation me submerge une fois de plus. « J'en ai besoin, Andrey, s'il te plaît. »

Je n'arrive pas à croire que je sanglote et que je supplie, mais mon corps s'est déconnecté de la raison et n'est plus qu'une grande zone érogène, palpitante d'une sensation accrue. « Tellement profonde. » Mes yeux se fixent sur les siens tandis que ma tête se lève, avide de ses lèvres, qu'il écrase contre les miennes avec un gémissement angoissant.

« Oh, putain, Bella. » La respiration d'Andrey est redevenue saccadée. « Tu me rends fou, bébé, » murmure-t-il à mes oreilles alors que son corps plane juste au-dessus du mien en position de planche. « Je vais jouir à nouveau. » Il commence à m'embrasser avant de se redresser sur ses genoux.

« Non ! » Je gémis en sentant ses coups s'arrêter.

« Tout va bien, bébé », me calme Andrey. « Plie tes jambes pour moi, Bella. »

Que fait-il ? Je plie mes jambes, les tirant vers ma poitrine. Les mains d'Andrey attrapent mes pieds, et il recommence à pousser.

« Oh, mon Dieu ! » Je gémis en le sentant me marteler de toutes ses forces. « Oh, mon Dieu. »

Les coups d'Andrey deviennent plus frénétiques, et je sens mes yeux se révulser dans ma tête alors que je commence à atteindre mon apogée. Il grogne. « Oh, putain. » Alors qu'il pousse fort une fois de plus, appuyant sur ce bouton magique qui me fait entrer en surrégime d'orgasme, je crie : « Andrey, oh mon Dieu, Andrey ! »

Des feux d'artifice explosent derrière mes paupières alors que des vagues de répliques orgasmiques me frappent. Mon corps est tendre et mon clitoris palpite. Andrey se retire de moi avant que je sois prête et j'essaie de l'atteindre, mais sa tête plonge et ses lèvres se verrouillent sur ma chatte alors qu'il suce mon tendre bouton, me faisant crier son nom une fois de plus avant que les ondulations de l'orgasme après le choc ne commencent à s'estomper.

Andrey s'affale sur le côté et m'attire vers lui, enroulant ses bras puissants autour de moi alors que je me blottis contre lui.

« Tu es si sensible », dit doucement Andrey en m'embrassant la tête.

« Je suis désolé », dis-je en le regardant. « Je n'ai jamais ressenti quelque chose comme ça. J'espère que je n'étais pas trop euh... vert. »

« Putain, non. » Andrey penche la tête en arrière pour me regarder et m'embrasse le nez. « C'était incroyable. » Il a bougé une mèche de cheveux. « Autant que je pourrais te supporter à nouveau. Tu vas avoir mal demain, et nous avons encore une longue nuit devant nous. »

« Oh ? » Je le regarde avec curiosité avec un sourire endormi. « Qu'est-ce que tu as en tête ? » J'espère que cela n'implique pas de devoir me lever ou même de bouger parce que je ne pense pas pouvoir le faire en ce moment. Je me sens léger, comme si aucun problème ne m'encombrait. « Et cela implique-t-il de rester allongé ici pendant environ dix heures ? »

« Non. Tu vas devoir bouger, t'habiller et te préparer à partir dans une heure ou deux. » Andrey rit doucement en me serrant les fesses.

« Où allons-nous ? » Je demande, me blottissant dans sa chaleur nue et sexy.

« Nous allons à Vegas. » Andrey sourit et m'embrasse. « Pour nous marier. »

Je m'assieds et le regarde bouche bée alors que ma léthargie se transforme en choc. « Quoi ? » Je bafouille maintenant. « Qu... pourquoi ? » Je cherche la chemise d'Andrey sur le sol pour la couvrir et il s'allonge en me regardant l'enfiler.

« D'après ce que je vois, nous avons résolu un problème, mais il en reste encore trois à résoudre. » Il est allongé dans toute sa gloire nue, un magnifique spécimen mâle, et met ses bras derrière sa tête.

« Je ne te suis pas », dis-je stupidement. Mon esprit tourne à plus de mille kilomètres par minute.

Je n'ai jamais eu l'intention de sauter de la poêle à frire dans le feu et est-il sérieux ? Mes yeux scrutent la pièce. Je peux m'excuser pour aller aux toilettes, m'habiller, puis essayer de m'enfuir.

Je ne parlais pas sérieusement de la partie mariée. C'était juste un peu plus un rêve éveillé de père. Je ne l'aurais pas fait en réalité... Je regarde Andrey. Mais est-ce que ce serait si mal ? Ce serait mieux que d'épouser Quasimodo. Arrête

! Non ! Je veux que ma vie m'appartienne, pas juste échanger une cage contre une autre. Je jette un coup d'œil autour du bureau et me souviens où je suis et des rumeurs sur qui appartient cet endroit.

Mon père est suffisamment impliqué dans le monde criminel en le défendant en tant qu'avocat. Il n'y a aucune chance que je veuille m'y marier. Mais... Je regarde Andrey. Non ! Ce n'est pas possible.

« Je t'ai dit, Bella, avant que nous ayons des relations sexuelles que si je prenais ta virginité, tu étais à moi ! » me rappelle Andrey et mes yeux choqués se tournent vers lui.

« Tu as dit que tu voulais m'aider dans ma situation difficile », lui rappelle-je. « C'est-à-dire aider avec la partie virginité. »

« J'ai dit que j'allais t'aider pour les deux et tu as dit, oh oui ! » Il lève un sourcil avec un sourire suffisant. « Je peux te le repasser si tu veux. »

« Quoi ! » Je bégaie à nouveau tandis que ma tête tourne autour du bureau à la recherche de caméras cachées.

« Ne t'inquiète pas, Bella, je ne filmerais jamais une rencontre sexuelle. Ici en tout cas. » Andrey m'assure, toujours allongé là assez détendu et même les fesses nues, il semble complètement en contrôle. « Mais j'enregistre des conversations. »

« N'est-ce pas illégal ? » Je siffle.

Il hausse les épaules. « C'est une mesure de sécurité pour m'assurer que mon personnel ne vienne pas fouiner dans mon bureau. » Il voit la chaleur que je peux sentir commencer à tacher mes joues. « Je suis le seul à entendre les enregistrements, douce Bella. » «

Ce n'est pas juste », lui dis-je en le regardant bouche bée comme si j'essayais d'attraper des mouches. « Tu m'as trompé et tu sais que quand je disais que j'étais... » J'avale. — J'étais... —

En proie à la passion ? Il lève les sourcils.

— Oui, ça, dis-je maintenant, commençant à gigoter et baissant les yeux vers le haut de la chemise qui me couvre les genoux. — Et juste parce que tu as pris ma virginité ne veut pas dire que tu me dois quelque chose. Ce n'est pas les mille huit cents. Nous étions deux adultes consentants.

— Tu prends la pilule, Bella ? demande Andrey et je fronce les sourcils.

— Quoi ? Je ne suis pas tout à fait sûr de ce qu'il me demande et je pense immédiatement aux pilules avec lesquelles j'ai mis la nourriture de James et Genevra. — Je ne comprends pas.

La culpabilité m'envahit. Merde, est-ce que j'ai vraiment drogué ma famille juste pour défier mon père ? Pas le temps pour un voyage de culpabilité, Isabella. Il y a un homme très sexy, nu et, d'après ce que j'ai compris, dangereux, qui essaie de prendre le contrôle de ma vie. Il y aura assez de temps pour la culpabilité plus tard.

Pour l'instant, j'ai besoin d'une voie de sortie. Je jette un coup d'œil à la chemise et à la salle de bain. Je ne peux pas courir dans le club comme ça. C'est déjà assez mauvais, j'ai déjà montré la majeure partie de mon torse.

« Tu sais, la pilule contraceptive. » Andrey se redresse et balance ses jambes musclées sur le sol, attrapant son caleçon.

« Oh ! » Mes yeux s'écarquillent tandis que je comprends soudain ce qu'il dit. « Non. Mon Dieu, mon père ne m'a pas laissé prendre ça parce que ça voudrait dire que j'aurais des relations sexuelles. »

Andrey hoche la tête et commence à enfiler son boxer et trop tard, putain, je réalise où ça va.

« Je peux t'assurer que je ne tomberai pas enceinte », je lui dis et soudain, j'essaie de compter les jours jusqu'à mes dernières règles et de me souvenir de mon cours de biologie au lycée sur la reproduction féminine.

« Quand as-tu eu tes dernières règles ? » demande Andrey, se levant pour me dominer alors qu'il finit d'enfiler son short et commence à attraper son pantalon.

« Ce ne sont pas tes affaires, bon sang ! » dis-je en serrant les dents. C'est quoi ce bordel ?

« En fait, je dirais que c'est vraiment mes affaires », me dit Andrey en enfilant le dernier de ses vêtements. Il jette un coup d'œil à mon ventre. « Tu portes peut-être juste mon enfant. »

« Quoi ? » Je m'étouffe et ma main se pose automatiquement sur mon ventre. « Non. J'en doute. » Je secoue la tête. « Et même si je l'étais, ce serait mon problème et je peux t'assurer que je ne te tiendrais jamais responsable de quoi que ce soit. »

Bon, maintenant je suis sur le point de passer en mode panique nucléaire. Je n'ai même jamais pensé à la contraception et aux bébés lorsque j'ai mis mon plan à exécution. Bravo, idiot.

« Maintenant, vois-tu, Bella, je suis responsable. » Andrey se place devant moi et incline ma tête en arrière tandis que sa main prend mon menton. « Je t'ai expliqué ça avant de prendre ta virginité. » Il pose une main sur mon ventre et mon corps traître répond instantanément à l'homme qui est déterminé à devenir mon prochain gardien de prison. « Et si tu portes mon enfant, cela mettra une cible sur ton dos. »

« Excuse-moi ? » Mes sourcils se froncent et mon cœur commence à s'emballer. « Je ne comprends pas. » Mais je comprends. J'ai entendu mon père parler à certains des fils de pute louches qu'il défend. « Pourquoi ? »

« Parce que, douce Bella, » Andrey a toujours mon menton dans sa main, « tu porterais le futur Belov Bratva Pakhan. »

« Quoi ? » Je halète et m'éloigne de lui, le choc me traversant tandis que mon cœur commence à s'emballer comme un oiseau essayant de sortir d'une cage. « Tu es... tu es... un Belov ? »

« Oui, je vais bientôt devenir le prochain Belov Pakhan, en tant que seul fils vivant de mon père. »

Ma confusion, mon irritation et ma colère se dissolvent dans la peur. Les Belov sont bien connus pour leur cruauté.

« Je vois que tu comprends la situation maintenant, » dit Andrey, ses yeux cherchant les miens comme s'il essayait de tirer des secrets de mon esprit. « Et tu sais évidemment qui nous sommes, ce qui m'évite d'avoir à t'expliquer. »

Je m'éloigne de lui à nouveau, recule de quelques pas et manque de tomber sur la table basse, mais Andrey tend la main et m'attrape avant que je ne m'écrase contre le plateau en verre dans ma maladresse.

« Ne me touche pas, » sifflai-je, m'écartant de sa main et l'évitant.

Mes yeux se dirigent vers la salle de bain avant de me souvenir de l'évasion 101 - ne trahissez jamais que vous cherchez une voie de sortie. Mais mes yeux s'étaient précipités vers l'endroit où se trouvaient mes vêtements avant que je puisse les arrêter. J'espère qu'il ne l'a pas remarqué.

« Je suis désolé, Bella. » La voix d'Andrey baisse et je croise son regard. « Tu n'as plus d'échappatoire, petite cracheuse de feu. »

Ne laisse pas le prédateur savoir qu'il t'intimide. Je prends une inspiration et lève le menton, m'obligeant à me calmer. « Je sais qui tu es. » Ma voix est calme, ce qui dément mon cœur qui bat à tout rompre. « Je sais de quoi ta famille est capable, car mon père est l'avocat d'Ivan Belov. »

Je vois Andery rester immobile, la surprise brille dans ses yeux et il me regarde avec étonnement. « Attends ! » Ses yeux se rétrécissent. « Tu es la fille de Marco Moretti ? »

« Je le suis ! » Je redresse les épaules. « Et il ne me permettra jamais d'épouser un membre de ta famille criminelle. Il défend peut-être des monstres, mais au moins nous ne sommes pas une famille criminelle comme la tienne. »

Andrey semble encore plus surpris par mon éclat. « Ton père n'est pas lié à une famille criminelle ? » Je peux voir son étonnement s'approfondir.

« Non, nous ne le sommes pas ! » Je lui dis en le regardant comme si j'étais la reine du monde qui n'opère pas dans l'ombre de son monde souterrain.

Ses sourcils se froncent et ses yeux se rétrécissent. « Tu ne sais vraiment pas, n'est-ce pas ? »

« Ça dépend de quoi tu parles », je lui dis, pas sûr de ce à quoi il fait référence.

« Bella, qui est l'homme que tu es censée épouser ? » demande Andrey en m'observant et je sais exactement ce qu'il fait car j'ai été entraîné à faire exactement la même chose. Il m'évalue, à la recherche de signes indiquant que je mens.

« Encore une fois, ce ne sont pas tes affaires », je lui dis.

« Je peux le découvrir », m'assure Andrey et commence à marcher vers son bureau. « J'ai Marco en numérotation rapide. »

« D'accord ! » Je préfère ne pas impliquer mon père. Non pas que ça ne me dérangerait pas qu'il tire sur Andrey en ce moment. Je prends une inspiration. « Il ne m'a rien dit. J'ai entendu une conversation qu'il avait avec quelqu'un lors d'une conférence téléphonique. »

Je ferme les yeux et serre les poings à mes côtés. Je sens mes joues chauffer de nouveau sous l'effet de l'embarras. Mais pourquoi devrais-je me sentir gêné ? Je me fais un petit discours d'encouragement. Mon père m'a gardé dans l'ignorance de mes fiançailles secrètes toute ma vie. Je n'ai aucune raison d'être gêné.

« Tu n'as pas entendu à qui tu étais fiancé ? » Andrey continue de me demander avec insistance en se perchant au bout de son bureau.

« Non ! » dis-je honnêtement. « Et je m'en fiche. Parce que dès que je suis habillé, je prends le prochain avion pour aller aussi loin que possible de l'Amérique. »

« Je ne pense pas, Bella », me dit Andrey en s'éloignant de son bureau et en s'approchant de moi en riant.

« Tu trouves ça drôle ? » Je bouillonne. « Toute ma vie, mon père a régné sur chacun de mes faits et gestes. » Et la colère revient. « Il n'arrêtait pas de me promettre qu'à vingt-cinq ans, j'aurais ma liberté une fois mes études terminées et que je le remercierais. Parce que j'aurais un diplôme et je pourrais me débrouiller toute seule dans le monde. Mais jusque-là, les relations étaient une distraction qu'il ne pouvait pas laisser ruiner mon avenir. »

Putain, est-ce que je viens vraiment de tout lâcher ? Pour l'instant, je m'en fiche. Je tourne sur mes talons et me dirige vers la salle de bain. J'enfile mon jean, enfonce mes pieds dans mes escarpins et prends le reste de mes affaires avant de retourner en trombe dans le bureau d'Andrey en direction de la porte.

Seulement, il se place devant moi. « Je te l'ai dit Bella, tu n'iras nulle part. » Il incline ma tête en arrière avec sa main une fois de plus. « Tu es à moi maintenant, petite cracheuse de feu. »

« Je n'appartiens à personne ! » je siffle. « Maintenant, s'il te plaît, laisse-moi partir. »

« Je ne peux pas faire ça, » me dit Andrey. « Tu vois Bella, tu m'appartiens depuis que tu as trois ans. » Je recule en m'éloignant de lui avec un halètement alors que des éclairs de choc me frappent.

« Non ! » Mon cerveau tourne, un brouillard de confusion m'envahit et mon cœur bat plus fort contre mes côtes. Andrey ne peut sûrement pas être Quasimodo ? — Ce n'est pas possible ! —

J'en ai bien peur, Isabella. La voix d'Andrey est basse. — Il semble que nous n'ayons pas besoin d'aller à Vegas après tout. Il jette un nouveau coup d'œil à mon ventre. — Mais nous allons devoir avancer le mariage d'au moins six mois, et tu emménageras avec moi à partir de ce soir.

À suivre...

Don't miss out!

Visit the website below and you can sign up to receive emails whenever St Jean publishes a new book. There's no charge and no obligation.

https://books2read.com/r/B-A-UNJIC-GMHZE

BOOKS 2 READ

Connecting independent readers to independent writers.

Did you love *Venin de velours*? Then you should read *Dynastie brûlée*[1] by St Jean!

Découvrez le roman érotique "Dysnatie brûlée" de St Jean, un récit de vengeance, de pouvoir et de désir.

Alana, une jeune femme déterminée, a décidé de prendre les choses en main pour faire justice après la mort de son père, qu'elle accuse le père de son ex-amant, West Senior, d'avoir orchestrée. Elle lance une attaque médiatique contre lui, déclenchant une chaîne d'événements qui la mènera à affronter les conséquences de ses actes.

Mais Alana n'est pas seule dans cette quête de vengeance. Damion, son ex-amant, tente de la protéger et de la ramener dans son monde, mais Alana est déterminée à poursuivre son plan, même si cela signifie sacrifier leur relation.

---

1. https://books2read.com/u/4AMJd0

2. https://books2read.com/u/4AMJd0

Au cœur de cette histoire, il y a une toile complexe de pouvoir, de manipulation et de désir. Alana doit naviguer dans un monde de corruption et de violence pour atteindre son objectif, tout en affrontant ses propres démons et ses sentiments pour Damion.

"Dysnatie brûlée" est un roman érotique qui explore les limites de la vengeance, de l'amour et du pouvoir. Avec ses personnages complexes et ses intrigues palpitantes, ce livre vous tiendra en haleine jusqu'à la dernière page. Plongez dans le monde sombre et passionnel de la vengeance et découvrez comment les règles du jeu peuvent changer en un i

nstant.

Also by St Jean

Match impitoyable
L'homme méchant
Rebondissant
Son sale entraîneur
Dynastie brûlée
Venin de velours